Nicyrs!

Dafydd Meirion

Argraffiad cyntaf: 2005

ⓗ *Dafydd Meirion/Gwasg Carreg Gwalch*

Rhif Llyfr Safonol Rhyngwladol:
1-84527-014-2

Clawr: Siôn Ilar

Argraffwyd a chyhoeddwyd gan Wasg Carreg Gwalch,
12 Iard yr Orsaf, Llanrwst, Dyffryn Conwy, LL26 0EH.
☎ *01492 642031*
📠 *01492 641502*
✆ *llyfrau@carreg-gwalch.co.uk*
Lle ar y we: www.carreg-gwalch.co.uk

1

Doedd dim yn yr hen sièd fudur ond pâr o nicyrs piws. Doedd dim golwg o Samantha Plaything-Jones na'i chipwyr. Roedd Sarjant Dic Huws a'i ddynion wedi cyrraedd yn rhy hwyr.

'Mae'n rhaid i chi ei ffendio hi ... ar frys, Sarjant!' oedd gorchymyn Inspector Amanda Daniel. Sychodd ddeigryn yng nghornel un llygad. 'Mae hi ... mae hi'n gyfaill ... i mi.'

Merch i Wil Plethe, adeiladwr lleol, oedd Samantha. Pry oddi ar gachu oedd Wil. Mab fenga fferm y Plethe, ddechreuodd wneud rhyw fân waith ar dai'r ardal gan nad oedd y fferm yn ddigon mawr i gynnal chwech o feibion. Daeth yn adeiladwr a bu'n ddigon ffodus i brynu tir rhad i godi tai drud – a daeth i sylw Madelaine, merch Major Harvey. Gorfod priodi fu raid iddyn nhw, yn groes i ddymuniad Major a Mrs Harvey, on 'doedd Wil wedi rhoi clec iddi? A dyna sut y daeth Samantha i'r byd.

Fuodd Samantha erioed yn un hawdd ei thrin. Hi oedd yr unig blentyn. Câi bopeth o bonis i bartis pen-blwydd drudfawr. A chan fod ei thad mor brysur yn gwneud arian, ei mam – ond yn amlach fyth, ei thaid a'i nain Harvey – fyddai'n edrych ar ôl Samantha.

Wrth gwrs, fu ysgolion lleol ddim digon da iddi ac mi gafodd ei hel yn naw oed i ysgolion dros y ffin, a bu ond y dim iddi golli ei Chymraeg gan mai ond y ci gâi

Gymraeg gan y Major. Ond siaradai taid a nain Plethe yr un gair o Saesneg â hi; yn wir prin y gallen nhw siarad yr iaith honno beth bynnag.

Ond rŵan, roedd hi wedi diflannu. Doedd neb wedi gweld Samantha ers dros wythnos. Roedd wedi dweud wrth ei mam ei bod am fynd i weld ei chyfaill Ramona ond chyrhaeddodd hi ddim. Bu Wil Plethe am ddyddiau yn teithio'r ardal yn ei ffôr-bai-ffôr yn chwilio amdani. Daeth y gwaith ar ei safloedd adeiladu i gyd i ben a gorfodwyd y gweithwyr i fynd i chwilio am ferch y bòs. Ei mam gafodd hyd iddi – neu'n hytrach ddilledyn a berthynai iddi. Roedd hi wedi bod yn marchogaeth y fro ar un o'i cheffylau Arab ac wedi mynd i fyny i'r bryniau uwchben y dref. Mentrodd i hen sièd fu un amser yn gartref i rywun, ond yn ddiweddar, lle i gadw offer fferm ydoedd, er iddi fod yn wag pan gyrhaeddodd Madelaine. Adnabu'r y dillad isaf yn syth ac aeth i gysylltiad â'r heddlu ar frys. Roedd pawb yn ofni'r gwaethaf.

Gadawodd yr Inspector y sièd dan deimlad. Gorchwyl Sarjant Huws a PC Owens oedd archwilio'r adeilad.

'Be ti'n feddwl o'r nicyrs yna, Owens?' gofynnodd Dic gan edrych allan drwy beth oedd unwaith yn ffenest.

'Neis iawn, Sarjant. Dwi wedi gweld rhai fel'na . . . ar ferchaid . . . yn y *Sun* yn y cantîn.'

'Do mwn. Wyt ti'n meddwl mai un Samantha ydy o?'

'Alla i ddim deud ond . . . '

'Ond be?'

'Roedd Harri Fan yn deud bod . . . bod ganddi nicyrs drud.'

'Sut oedd o'n gwybod? Fuodd o i'r afal â nhw?'

'Dyna ddudodd o. Mi wnaeth hi unwaith adael rhai ar ôl yng nghefn ei fan o, ac mi wnaeth Harri eu lapio nhw'n daclus a'u rhoi nhw'n bresant Dolig i'w chwaer. Roedd hi wrth ei bodd, er eu bod nhw braidd yn dynn iddi.'

'Fues di ar 'i chefn hi?'

'N . . . naddo . . . ond . . . '

'. . . mi fysat ti'n licio'n fysat ti?'

Ddywedodd PC Owens ddim ond troi ei wyneb oddi wrth ei Sarjant rhag i hwnnw ei weld yn cochi. Mae'n siŵr bod yna gannoedd fel PC Owens yn dre yn dyheu am fynd i'r afael â Samantha Plaything-Jones, meddai Huws wrth'i hun. Ond nid dyna pam ei bod wedi diflannu. Na, roedd Huws yn sicr bod ei diflaniad rywbeth i'w wneud â'i thad Wil, neu o leiaf ei arian.

'Sgin ti ffansi gafal yn y nicyrs yna, Owens?'

Daeth pwl o atal dweud dros yr heddwas ifanc. 'Yyyy . . . i . . . iawn, Sarjant,' a phlygodd i gydio'n y dilledyn.

'Efidens, Owens! Efidens!' gwaeddodd Huws cyn ysgwyd ei ben. 'Os wyt ti isio cydio'n dynn mewn pâr o nicyrs piws drud, dos i brynu rhai dy hun. Cydia'n ofalus mewn cornel ohono a rho fo yn y bag plastig yma,' meddai Huws gan estyn bag fforensig iddo.

Syllodd Owens ar y dilledyn am rai eiliadau cyn cydio ynddo. Yna cododd o'n ofalus a'i roi yn y cwdyn. 'Dyna chi, Sarjant, m . . . mae o'n saff yn fan'na.'

* * *

Roedd nicyrs ar feddwl Hanana Banana, hefyd, pan alwodd Huws i'w gweld y noson honno. Roedd ei thrwyn mewn catalog dillad isaf pan gyrhaeddodd wedi gorffen ei shifft. 'Pa un o'r rhain fysa ti'n licio ngweld i'n wisgo?' gofynnodd iddo.

'Dim un,' atebodd Huws. 'Ond os oes raid, rhywbeth ddaw i ffwrdd yn hawdd.'

Taflodd Hanna'r catalog ato. 'Typical o ddynion, dim

9

ond un peth sydd ar eu meddylia nhw . . . '

'A bêcyn ydy hwnnw,' meddai Huws gan synhwyro'r awyr ddeuai o'r gegin. Newydd gyrraedd adref o'i gwaith fel cynorthwyydd teledu yng ngorsaf Media Menai oedd Hannah. Gwyddai y byddai Dic Huws yn galw heibio wedi'i shifft, a'r unig ffordd i gadw ei ddwylo oddi arni oedd rhoi rhywbeth i ffrïo. Roedd hi a Dic Bonc yn adnabod ei gilydd ers dyddiau ysgol er iddyn nhw golli cysylltiad am flynyddoedd. Ond wedi i Huws ymweld â'r stiwdio deledu pan oedd ar drywydd llofrudd, bu i'r ddau gyfarfod unwaith eto. Ers hynny, bu'r ddau'n cadw cwmni i'w gilydd.

'Be sydd wedi digwydd i ferch Wil Plethe?' gofynnodd Hannah wrth estyn dau blât.

'Pam, oeddat ti'n nabod hi?'

'Fuodd hi ar rai o'n rhaglenni ni. Hogan smart iawn, ond bod ei thrwyn hi yn yr awyr. Tynnu ar ôl ei mam mae hi, mae ei thad hi'n un digon clên.'

'Wyt ti'n nabod Wil Plethe?'

'Wel, ym . . . ' atebodd Hanna gan roi'r bwyd ar y bwrdd. 'Go-lew, ynde.'

' 'Swn i'n deud dy fod ti'n ei nabod o'n reit dda. Mae dy wyneb di wedi mynd 'run lliw â'r bêcyn yna.'

'Be 'dio i chdi Dic Bonc?' meddai Hanna'n amddiffynol gan wthio'i fforc i'r cig moch.

'Dim, dim,' atebodd Dic. 'Dydi Wil yn nabod pob hogan . . . ddel . . . yn dre 'ma am wn i.'

Anwybyddodd Hanna'r sylw, er bod rhan ohono'n ceisio bod yn ganmoliaethus.

''Dan ni'n mynd am beint ar ôl bwyd,' meddai Dic.

'Neis iawn, a lle 'da ni'n cael mynd?'

'I glwb y *Maramba*.'

'Pam?'

'Am mai fan'no mae Wil Plethe'n yfad, fel 'sa ti ddim yn gwybod.'

'Ydw, mi rydw i'n gwybod, achos dwi wedi bod yno efo Wil Plethe. Ac i chdi gael dallt, mae gan Wil Plethe siârs yn y clwb.'

* * *

Doedd yna fawr neb yn y clwb pan gyrhaeddodd y ddau; doedd hi ond hanner awr wedi saith a hithau'n nos Fawrth.

'O, Sarjant!' meddai Brenda'r barmed. 'Heb eich gweld chi ers oesoedd. Dydan ni ddim yn gwerthu Myrffis yma sori, Sarjant.'

'Nadach mwn, tyrd â Ginis 'ta a jin-an-tonic.'

'Dwbwl,' ychwanegodd Hanna.

Doedd Dic ddim wedi disgwyl gweld Brenda yno; barmed *Y Goron* oedd hi, ac roedd hi yno pan gafodd Dic ei hebrwng allan gan ddynion y gwasanaeth tân wedi iddo gau ei hun yn y cachdy.

Plygodd Brenda dros y bar ato. 'Mae'r toilets yma'n lot neisiach na rhai'r *Goron*, Dic. Plîs, peidiwch â gneud llanast yma, yn enwedig gan eich bod yn yfed Ginis.'

Taflodd Dic bapur pumpunt tuag ati a'i chychwyn am fwrdd gerllaw cyn i Hanna ofyn am hanes y gachfa. 'Ym, Dic. Dwi angen dwybunt arall,' ychwanegodd Brenda. Doedd Huws ddim wedi arfer efo prisiau diod clwb.

Roedd o ar fin rhoi'r gwydrau ar y bwrdd o flaen Hanna pan wthiodd corff yn ei erbyn. 'Sa'm well i ti fod yn chwilio am ferch Wil yn lle lyshio'n fan'ma?'

Trodd Dic i weld pwy oedd o. 'Dic Donci, sa'm well i ti neud diwrnod o waith yn lle treulio d'amser yn fan'ma? Fy nhacs i sy'n talu am dy blant di a'r holl ddiod ti'n yfad.

A dwi'n talu gormod o beth uffar, hefyd.'

Sylwodd Hanna fod Huws am gythru iddo a chydiodd yn ngodre ei got. 'Ista, myn uffar i! Gad lonydd iddo. Pwy oedd o beth bynnag?' gofynnodd Hanna wedi iddo eistedd.

'Dic Donci, dyn â chwech o blant a rioed wedi gwneud strocan o waith, dim byd nad oedd angan gorwedd i lawr i'w wneud o, beth bynnag.'

'Pam eu bod nhw'n 'i alw fo'n Dic Donci?'

'Am fod ganddo ddarn fel mul . . . a chadwa ditha draw oddi wrtho. Ella bod hi'n hir, ond di'n da i ddim erbyn hyn ar ôl yr holl iws fu arni.'

Dechreuodd y clwb raddol lenwi. Cymysgedd oedd yno o fân ddynion busnes y dre a rhai oedd wedi gwneud gyrfa o fyw ar y dôl. Roedd y rhan fwyaf yn adnabod Huws, wedi dod ar ei draws sawl gwaith dros y blynyddoedd. Cadwai'r rhan fwyaf draw, amneidiodd ambell un arno, ond daeth un dyn trwsiadus at y ddau ac eistedd efo nhw.

'Su'mai, Dic, a phwy yw'r ferch ifanc yma sydd efo chi?' gofynnodd gan sythu ei dei-bô.

Gwenodd Hanna arno tra chafodd ei chyflwyno i Gwilym Geiria. Perchennog cwmni cysylltiadau cyhoeddus oedd Gwilym Smith. Wel, i ddwaud y gwir, fo oedd y cwmni, cwmni Gair Da. Dyn papur newydd oedd Gwil nes iddo gael y sac am wneud adroddiad ar angladd un o bwysigion y dref ac yntau i fod i sôn am 'internment' ym mynwent y dref, mi lithrodd y gair 'entertainment' i mewn rywsut. Ac fel pob newyddiadurwr sydd wedi methu, mi ddechreuodd ei gwmni cysylltiadau cyhoeddus ei hun.

'Biti am ferch Wil Plethe,' meddai ar ôl mwydro efo Hanna.

'Wyt ti'n nabod Wil, ar wahân i yfad efo fo'n fan'ma?' gofynnodd Huws.

'Wrth gwrs, wrth gwrs. Un o fy nghlients gora i. Fel 'da chi'n gwybod, Dic, roedd ganddo, wel sut ga'i ddeud, ambell i ddatblygiad adeiladu reit controfyrsial . . . a fi fydda'n tawelu'r dyfroedd iddo.'

'Oedd ganddo elynion felly, Gwil?'

Pesychodd y dyn tei-bô. 'Dim mwy nag unrhyw ddyn busnes llwyddiannus arall,' atebodd gan unwaith eto sythu ei dei.

'Be am ei ferch o?'

'Dim ond rhyw unwaith neu ddwy welis i hi, hogan glên iawn. Debyg iawn i'w mam.' Ar hynny, cododd Gwil. 'Mae'n rhaid i mi fynd. Clients yn disgwyl wrth y bar.' Ac ar hynny, diflannodd i'r mwg ym mhen pellaf yr ystafell.

'Dwn i'm be maen nhw'n weld yn fan'ma,' meddai Huws ar ôl gwagio ei wydr. 'Fawr o gymeriad. Tyrd, awn ni draw i'r *Dderwen*.' Chafodd Hanna ddim cyfle i wrthwynebu gan fod Huws wedi anelu am y drws cyn iddi hyd yn oed gydio'n ei bag llaw.

Roedd hi'n wag yn *Y Dderwen Gam*. Hanner dwsin yn pwyso ar y bar a chwpwl ifanc yn un o gorneli'r dafarn yn edrych i lygaid ei gilydd yn lle yfed. 'Myrffi a jin-an-tonic – dwbwl,' meddai ond pan aeth i'w boced doedd yna fawr yno, ac yn sicr ddim digon i dalu am y rownd. Roedd Huws ar fin gweiddi ar Hanna oedd newydd eistedd wrth un o'r byrddau, pan glywodd lais cyfarwydd wrth ei ochr.

'Mi dala i, Sarjant, 'wna i, neno'r tad,' a gwthiodd Llew Edwards bapur decpunt ar draws y bar. 'Ac un i mi hefyd,' ychwanegodd. Newyddiadurwr efo'r orsaf radio leol oedd Llew'r Hac a threuliai'r rhan fwyaf o'i amser yn crwydro o un dafarn i'r llall yn chwilio am stori. Bu'n gymorth mawr i Huws ar sawl achlysur gyda'i wybodaeth fanwl o gymeriadau'r dref.

Aeth y ddau i eistedd at Hanna. 'Biti am yr eneth fach 'ne, wa,' meddai'r Hac wedi iddo eistedd.

'Hogan fawr, Llew, a smart hefyd medda nhw, os mai cyfeirio at Samantha Plaything-Jones wyt ti?'

'Dene fo. A dwi'n cymryd mai dyne sy'n mynd â'ch amser chi'r dyddie hyn, Sarjant.'

'Sut nes di gesio, Llew?' Wnaeth yr Hac ddim ateb gan fod ei geg yn ddwfn yng nghynnwys ei wydr peint. 'Be wyt ti'n wybod amdani?'

Sychodd ei geg â'i lawes. 'Wel, mae ei thad yn un o ddynion busnes mwya'r ardal. Mae yne bres yn y teulu, a theulu'i mam hi. Mi fyse sawl dyn yn y dre 'ma'n fwy na pharod i neidio i'r gwely efo hi . . . '

'Felly, be sydd wedi digwydd iddi?'

'Eich job *chi* ydy ffendio hynne allan, Sarjant. Riportio'r drosedd a'r datrys ydy'n job i.'

'Cofia, os glywi di rwbath, rho wybod i mi.'

'Wna i, Sarjant, wna i,' ac ar hynny rhoddodd yr Hac glec i'w beint a chodi ar ei draed. 'Joben i'w gwneud at y bore. Hwyl i chi'ch dau'n de,' ac allan ag o i'r tywyllwch.

Edrychodd Huws o'i gwmpas. 'Ma hi'n ded yn fan'ma, hefyd. Be am fynd yn ôl i dy dŷ di am . . . y . . . ti'n gwbod?' meddai gan roi winc arni.

'San well gen i rywbeth i'w fyta,' meddai Hanna.

Tarodd Huws olwg ar y fwydlen sialc ar y wal. 'Cyma fîff-byrgyr yn fan'ma 'ta ac mi awn ni adra wedyn?'

'Dic Bonc, mae 'na rwbath yn romantic uffernol yndda chdi! Bîff-byrgyr a jymp!'

'Wel?' gofynnodd Huws mewn cryn benbleth. 'Be tisio? Thrî-côrs-mîl?'

'Mi fysa'n help. Felly, mi gei di fynd â fi i *Tamaid*.'

'Tamad. Ia, dyna dwi'sio.'

'*Tamaid*, Dic. Enw tŷ bwyta newydd sbon yn y dre 'ma, ydy o. Gei di fynd â fi i fan'no, prynu bwyd i mi, chydig o win ac mi gawn ni weld wedyn.'

Doedd *Tamaid* ond rhyw ganllath o'r *Dderwen* ac felly cytunodd Huws. Câi roi cost y bwyd yn erbyn ei dreuliau gan ei fod, wrth gwrs, yn holi Hanna am Samantha.

Roedd wyneb y dyn agorodd ddrws y tŷ bwyta yn gyfarwydd i Huws. Syllodd arno.

'Croeso i *Tamaid*, Sarjant Huws.'

Edrychodd Dic arno unwaith eto. 'Blydi hel! Sam Saer! Be ti'n da 'ma?'

'Fi bia'r lle 'ma Sarjant. Fi di'r proprietor a'r cwc.'

'Ond saer oeddat ti, yn gweithio i Wil Plethe. Radag honno, os dwi'n cofio'n iawn, fedra ti ddim c'nesu bîns heb eu llosgi nhw.'

'Fues i ar gwrs tri mis mewn arlwyaeth . . . cetyring ydy hynny, Sarjant . . . yng Ngholeg Menai a rŵan dwi'n gallu cwcio bwyd gystal â neb.'

'Ti 'di tacluso, hefyd, Sam. Wedi torri dy wallt a rhoi saim arno?' meddai Huws wrth barhau i syllu arno.

'Do, Sarjant, a'r rhain hefyd,' meddai gan gyfeirio at ei ddannedd. 'Dwi 'di cael set o ddannadd gosod newydd. Roedd 'na uffar o olwg ar y lleill ar ôl i Guto Brics hitio fi yn fy wynab efo triwal. Steddwch eich dau. Na'i estyn y meniw rŵan.'

Arweiniwyd y ddau at fwrdd ger y ffenest fel y gallai Hanna weld pwy oedd yn mynd a dwad yn y stryd. Cymrodd Sam ei chot a dychwelodd efo'r fwydlen.

'Lle uffar ddysgis di siarad Ffrensh?' gofynnodd Huws wrth edrych ar restr y danteithion ar y daflen

'Roeddan nhw'n dysgu enwa rheina i ni'n coleg,

hefyd. Dim ond yr enwa'n de. Alla i ddim siarad Ffrensh, wrth gwrs.'

'Wel, bu uffar ydyn nhw? Pam ddiawl na 'sa ti'n eu rhoi nhw'n Gymraeg?'

'Ffrensh ydy iaith cwcio, Sarjant, fel mai Cymraeg ydy iaith steddfod.'

Trodd Huws at Hanna. 'Dewis di rwbath i uffar. Dim byd efo gormod o sôs arno, neu fydda i ddim yn gallu cysgu heno.' Cododd ei olygon at Sam. 'Be am win?'

'Yn y cefn, Sarjant.'

'Dwi'n gwbod mai yn y cefn ti'n cadw nhw, ond lle uffar ma'r wain list?'

'Na, na, yng nghefn y meniw mae'r gwin, Sarjant.'

'Gymrith Dic a fi Byff Borginion bob un a photel o'r hows wain,' meddai Hanna gan weld Huws yn dechrau colli'i limpyn.

'Startyr?' gofynnodd Sam gan ddefnyddio osgo a ddysgodd ar y cwrs arlwyo.

'Yli, mi fydda i'n rhechan ddigon ar ôl y prif bryd, anghofia am dy startyr.'

Trodd Sam ar ei sawdl a diflannodd drwy ddrws wrth ochr y bar. Rai eiliadau'n ddiweddarach daeth merch ifanc i'r golwg ac eistedd ar gadair wrth y drws a syllu arnynt fel pe bai Sam wedi'i rhoi yno rhag iddyn nhw ddwyn y cyllyll a'r ffyrc.

Daeth y gwin ac yna'r bwyd. Doedd Huws fawr o awydd bwyta'r adeg honno o'r nos ac wedi pigo rhywfaint ar ei blât canolbwyntiodd ar y botel win.

'Licio'r bwyd, Sarjant?' gofynnodd Sam gan sefyll yn gwylio'r ddau'n bwyta.

'Wyt ti am sefyll yna drwy'r nos?' gofynnodd Huws yn y diwedd.

'Ym, jest edrach os ydy bob dim yn iawn.'

'Yli, dos i nôl potal arall o win . . . dwy, a tyrd i ista i lawr yn fan'ma efo ni. Does yna uffar o neb arall yma i ti eu serfio.'

Dychwelodd Sam â dwy botel. Estynnodd wydr a rhannodd y botel rhwng tri gwydr mawr. Gwthiodd Huws ei blât tuag at Sam. 'Gorffan di hwn i uffar, chdi wnath o.'

'Ddim yn licio fo?' gofynnodd Sam gan estyn am fforc i orffen pryd Huws.

'Neis iawn, ond ma'r diawl yn codi dŵr poeth arna i. Mi sticia i i'r gwin, mi setlith hwnnw'n stumog i.'

Pharodd y ddwy botel ddim yn hir, a gwaeddodd Sam ar y ferch ger y drws i ddod â dwy arall.

'Deud i mi, Sam. Sut ddyn oedd Wil Plethe i weithio iddo?'

'Hen uffar, Sarjant. Gweithio ni fel slêfs. Dyna pam rois i'r gora iddi a mynd ati i gwcio.'

'Doedd neb yn ei licio fo felly?'

'Uffar o neb, ond John y Fforman. Roedd hwnnw â'i dafod i fyny 'i din o bob tro y deuai o i'r seit.'

'Welis di 'i ferch o rioed?'

'Samantha? Hon sydd ar goll?' Nodiodd Huws. 'Do, wedi gweld hi rownd dre 'ma. Fuodd hi ar y seit unwaith neu ddwy, ond roedd hi'n beryg bywyd . . .'

'O,' meddai Huws gan godi ei lygaid o'i wydr.

'Mae hi'n uffar o beth handi, ac roedd yr hogia'n dechrau chwibianu a dangos 'u tina pan oeddan nhw'n 'i gweld hi . . . a'r peth nesa roeddan nhw'n yr offis yn cael eu cardia . . . am insyltio merch y bòs.'

'Gath yna lot sac, felly?'

'Beth uffar, Sarjant, beth uffar?'

'Gest ti?'

Cochodd Sam. 'Wel . . . do.'

'A dyna pam ddois di'n gwc?'

17

'Ym . . . ia, ond . . . o'n i wedi meddwl rhoi'r gora iddi ers talwm.'

'Hei del!' gwaeddodd Huws ar y ferch wrth y drws. 'Dwy botal arall.'

'Wyt ti'n meddwl y bysa rhyw un o weithiwrs Wil Plethe yn cidnapio'i ferch o?'

'Esu, fysa. Pob un . . . a'i chadw hi'n secs slêf,' meddai Sam gan ddechrau cynhyrfu wrth feddwl am y fath beth, ond gwelodd bod merch y gwin wedi cyrraedd a throdd tuag ati, 'Dim ond jocio'n de, Mandi,' ychwanegodd mewn tafod dew.

'Na, na, i ddial ar Wil o'n i'n feddwl.'

Meddyliodd Sam yn galed, ac wrth wneud hynny, disgynnodd ei ben yn araf i'r bwrdd gan lanio ar blât gwag y Byff Borginion. O fewn dim, roedd ei lygaid wedi cau.

Cerddodd Mandi tuag atynt â golwg bryderus ar ei hwyneb. 'Be sydd del?' gofynnodd Hanna.

'Ym . . . mae Maurice . . . ,' meddai gan gyfeirio at Sam.

'Pwy uffar ydy Maurice?'

'Sam . . . mae o wedi newid ei enw ers iddo agor y restrant. Rhwbath mwy Ffrensh.' Edrychodd ar Hanna. 'Mae o . . . yn . . . Dydy gwin ddim yn gneud efo fo. Mae o'n . . . gneud yn 'i drwsus bob tro mae o'n cael lot o win.'

'Cachu ti'n feddwl?' gofynnodd Huws.

Nodiodd y ferch.

'Lle mae o'n byw?'

''Dan ni mewn fflat uwchben y restrant, ond . . . mae'n rhaid mynd allan ac mae yna ddrws wrth ochr drws y restrant.'

'Rarglwydd, well i ni frysio i'w gael o o'ma,' meddai Huws gan godi ar ei draed. 'Hanna, gafal yn un ochr iddo ac mi wna inna afal yn y llall, a dos di i agor y drws i ni, del.'

Ond roedd y gwin wedi dechrau gweithio erbyn iddyn nhw gyrraedd drws y tŷ bwyta.

'Rarglwydd mae'na ogla!' meddai Huws.

Ond dim ond startyr oedd hynny, roedd y prif gwrs i gyrraedd. Roedd Sam wedi lled-ddeffro wedi i Huws ei roi i bwyso'n erbyn wal y tŷ bwyta tra'r aeth y ddau yn ôl i mewn i ddiffodd y golau. Tynnodd y cogydd ei drwsus i lawr ac aeth ar ei gwrcwd ar y pafin.

Daeth llais o'r tu ôl. 'Ym . . . chewch chi ddim . . . ym . . . gwneud baw yn fan'na, syr.'

Roedd Huws yn ôl ar y pafin. 'Esu, PC Owens, be ti'n da yma?'

'Ma'ch ffrind chi yn . . . '

'Ydy, mae o'n cachu Owens. Mae 'na rwbath o'i le ar ei fŵals o . . . '

2

'Nicyrs, Owens!' meddai Huws wrth i'r Arolygydd Amanda Daniel gerdded i mewn i'r stafell. Cochodd y plisman ifanc at fodiau ei draed. 'Lle mae'r nicyrs piws?'

'Ynnnnnn . . . yn fforensic, Sssarjant.'

'Unrhyw ddatblygiadau, Huws?' gofynnodd yr Arolygydd.

'Dim byd o bwys, dwi wedi bod yn gwneud ymholiadau trylwyr yn y dre 'ma, ond mae dipyn o waith eto i'w wneud.'

'Mi fues i'n gweld Major a Mrs Harvey neithiwr, ac . . . maen nhw'n bryderus iawn yn ei chylch. Maen nhw wedi cynnig gwobr o bum mil o bunnau am unrhyw wybodaeth all arwain at ddarganfod Samantha . . . yn fyw ac yn iach.' Trodd yr Arolygydd at y ffenest fel na allai'r ddau weld dagrau'n cronni yn ei llygaid. 'Sarjant, dwi'sio chi fynd ar y teledu i sôn am y wobr. Mae ganddoch chi gysylltiadau'n does?'

'Ond . . . chi ddylai fynd Inspector,' meddai Huws.

'Na, alla i ddim . . . fedrwn i ddim cadw'n composiyr . . . ' ac ar hynny gadawodd y stafell gyda Huws yn syllu ar ei thin siapus.

'Wnes di ddim sôn am Sam Saer wrthi hi, naddo?' gofynnodd Huws wedi iddo gael ei feddwl yn ôl ar waith.

'Y dyn oedd yn . . .'

'Dyna fo.'

'Na, dim byd, Sarjant. Mi gewch chi neud riport os 'da chi isio.'

'Pryd fydd y nicyrs yn ei ôl o'r fforensic, Owens?' gofynnodd Huws er mwyn cael newid y pwnc rhag ofn i'r Arolgydd ddychwelyd.

'Pnawn 'ma dwi'n gobeithio.'

'Reit, pan ddaw o'n ôl, dwi'sio chdi fynd rownd y llafna 'ma yn y dre a gofyn iddyn nhw os ydyn nhw wedi gweld un tebyg.'

'Ond . . . ond Sarjant, a . . . a . . . allai ddim mynd â. . . a . . . a . . . nicyrs rownd dre . . . '

'Pam?' harthiodd Huws.

Wyddai PC Owens yn y byd sut i ddweud wrth ei fòs y byddai'n cael ei dynnu'n gria' pe byddai'n mynd â'r dernyn dillad isaf o gwmpas y dref. Cafodd syniad. 'B . . . beth 'sa rhywun yn eu dwyn nhw? Yr unig ddarn o efidens sydd gynnon ni. 'Sa'n well i chi ddod efo fi i wneud yn siŵr na wnaiff hynny ddigwydd.'

Roedd Huws wedi rhoi ei hun mewn trap. Roedd fwy ym mhen Owens nag oedd o'n gredu. 'Ia . . . hm, reit ia. Tyrd yma am bump ac mi awn ni rownd y tafarna . . . '

Roedd y nicyrs wedi cyrraedd ei swyddfa ymhell cyn pump. Bwriad nesaf fforensig oedd cael sampl DNA gan y teulu er mwyn gwneud yn siŵr mai eiddo Samantha oedd y dilledyn. Cymrai hynny rai dyddiau eto. Gwthiodd Huws y dilledyn i ddwylo Owens pan gyrhaeddodd ei stafell. 'Lle mae hwriwrs y dre 'ma'n ymgasglu, Owens?' gofynnodd.

Doedd Owens ddim yn siŵr. Dyn peint o shandi ar nos Sadwrn oedd Owens ac nid mewn tafarn y cafodd o hyd i'w gariad Ceinwen ond mewn côr cymysg. 'Ym, mi driwn ni y . . . *Crow Bar*. Dwi 'di clwad mai i fan'no mae lot yn mynd ar nos Wenar.'

'Dyna ni, i fanno 'ta. Gei di ddreifio.'

Er nad oedd hi ond cynnar, gan mai nos Wener oedd hi, roedd y *Crow Bar* yn prysur lenwi o lafnau a lefrod a fawr ddim amdanynt. Gwthiodd Huws y dilledyn i Owens. 'Dos di â hwnna rownd ac mi âi i at y bar i edrych ar ymateb y llafna' 'ma.'

Chafodd Owens ddim cyfle i wrthod gan i Huws ei wthio i griw oedd yn yfed rhyw hylif oren allan o boteli. Wrth i Huws glywed gan y barman, nid yn unig nad oedden nhw'n gwerthu na Myrffis na Ginis yno, ond doedden nhw chwaith ond yn gwerthu haneri, clywodd sŵn chwerthin yn dod o ganol y llanciau. Gwelodd helmed heddwas a'r nicyrs piws yn codi i'r awyr. Camodd i'w canol. Roedd un o'r llanciau wedi codi'r dilledyn i'w drwyn. Cipiodd Huws y nicyrs o'i law. 'Reit, y ffernols!' Gwyddai y byddai raid iddo wneud yr holi ei hun. 'Oes yna unrhyw un ohonoch wedi gweld un fel'ma o'r blaen, ac yn bwysicach fyth oes yna unrhyw un ohonoch wedi mynd i'r afael ag un?'

Cafwyd chwerthin a chwibanu. Camodd Huws at yr un mwyaf swnllyd a chydiodd ym mlaen ei grys ffansi. 'Chdi! Be sydd mor uffernol o ddoniol? Welis di un fel'ma o'r blaen?'

'N . . . na . . . ' Tynhaodd y crys am ei wddw. 'D . . . d . . . do . . . '

Llaciodd Huws ei afael. 'Yn lle . . . neu ar bwy?'

'Chwaer fi.' Doedd neb arall ffansi chwerthin rhag ofn i Huws gydio ynddo ac edrychodd pawb i'r llawr neu i'w poteli.

'Oedd unrhyw un ohonoch chi'n nabod Samantha Plaything-Jones?'

'Ffwôô . . . !' meddai un dewrach na'r gweddill.

Camodd Huws tuag ato. 'N . . . na, sgynnon ni ddim tshans cael mynd allan efo Samantha,' meddai cyn i Huws gyrraedd ato. 'Neith hi ddim sbio ar rai fel ni. Sgynnon ni ddim digon o bres. Dim ond cocia ŵyn fatha Ronan Leclerc mae hi'n sbio arnyn nhw.'

'Pwy uffar ydy Ronan Leclerc?'

'Mab y Ffrancwr 'na sydd newydd ddod i fyw Blas y Deryn.'

'Be ma'i dad o'n neud?'

'Dim! Byw ar ei bres dwi'n meddwl.'

'A'r mab?'

'Arlunydd ydy o . . . medda fo, ond dwi 'rioed 'di gweld ei lunia fo'n unlla a dwi'n gneud art yn y coleg lleol.'

''Da chi'n gwybod bod Samantha'n dal ar goll . . . ' Nodiodd pawb. 'Os oes gennych chi unrhyw wybodaeth ble mae hi, ffoniwch fi neu Owens . . . ac mae'na wobr o bum mil o bunna.'

Rhoddodd Huws glec i'w hanner o gwrw oedd ar y bar a llusgodd Owens allan. 'Lle nesa?'

'Y *Ceffyl Gwyn*,' meddai Owens â'i wynt a'i nicyrs yn ei ddwrn.

'Tafarn go iawn!' meddai Huws gan ddilyn y plisman ifanc ar hyd y pafin i ganol y dref. Efallai i'r *Ceffyl Gwyn* fod yn dafarn go iawn ar un amser, ond erbyn hyn doedd ond pedair wal a tho iddi, bar crwn yn y canol a chaneuon pop y dydd yn ei gwneud yn amhosib i siarad â neb. Ond roedd tri phwmp lagyr ar y bar a chododd hynny galon Huws. Archebodd beint iddo'i hun a sudd oren i Owens. Gwthiodd yr heddwas i ganol criw o bobol ifanc a phwysodd Huws ar y bar i weld sut hwyl gâi o.

Cododd un o'r merched ei dwylo i'r awyr. 'Cisogram!'

gwaeddodd gan roi ei breichiau am Owens tra'r oedd ei chyfaill yn ceisio tynnu ei siaced. Wnaiff hyn ddim drwg iddo, meddai Huws wrtho'i hun, ac efallai gwneith o les, wrth weld y merched yn tynnu dillad Owens bob yn un. Roedd un llaw'r heddwas yn gwarchod ei gwd tra'r oedd y llall yn ceisio cipio'r nicyrs piws oedd ar ben un o'r bechgyn.

Doedd Huws yn poeni dim am yr heddwas, ond doedd o ddim eisiau colli'r nicyrs, felly, camodd i'w canol. Cipiodd y dilledyn a fflachiodd ei gerdyn adnabod i wyneb y criw. Syrthiodd gwep pob un ohonyn nhw. Oherwydd y sŵn, chlywai Huws yr un gair a ddywedwyd wrtho ond roedd siâp ceg pob un i'w weld yn dweud 'sori'. Roedd Owens ar ei bedwar ar lawr y dafarn yn casglu ei lifrai.

'Diolch, Sarjant,' meddai wedi iddo gyrraedd y pafin a'i ddillad, er braidd yn flêr, amdano erbyn hyn. 'Dydy . . . dydy merched wedi mynd yn betha gwyllt y dyddia yma, yn tydyn?'

'Ydy,' atebodd Huws gan lacio ei goler. 'Tyrd, lle arall?'

'Mae'na lot yn mynd i'r Weddyrsbwns . . . ma hi'n ddistawach yn fan'no.'

Ac yn wir mi roedd hi'n ddistawach yno er bod y cwrw rhad wedi denu cannoedd. Unwaith eto aeth Huws i'r bar tra'r aeth Owens i gasglu gwybodaeth. Archebodd Huws beint o Ginis ond wrth iddo droi i chwilio am Owens tarodd ei wydr peint bâr o fronnau soled a chollodd hanner ei ddiod i lawr gwisg merch bengoch.

'Esu, sori del,' meddai gan geisio sychu'r ewyn oddi ar y ffrog sgleiniog. Yn rhyfeddol, doedd dim ots ganddi a safodd o flaen Huws efo gwên fel giât ar ei hwyneb. 'Be tisio i yfed?' gofynnodd iddi.

'Dybl port an lemon,' atebodd, 'os nei gymryd un efo

fi.' Archebodd Huws ddau. Taflodd y ferch ei diod i lawr ei gwddw mewn un. Gwnaeth Huws yr un modd. Yn amlwg roedd hi eisiau un arall ac un arall ac aeth Huws i'w boced sawl tro. Roedd Tricsi erbyn hyn â'i gên ar ysgwydd Huws gyda'i gwefusau llawnion cochion o fewn modfedd neu ddwy i'w geg. Doedd hi ond yn atal sibrwd ei geiriau cariadus pan ddeuai gwydraid o bort i'w chyfeiriad. Doedd Huws erioed wedi cael sesh ar port an lemon o'r blaen a chymrodd hi fawr iddo fynd i'w ben.

'Ti ffansi chydig o awyr iach, Tricsi?' gofynnodd gan roi ei fraich am ei chanol a'i thywys allan o'r dafarn. Gwthiodd Tricsi o'n erbyn wal y dafarn a dechreuodd ei gusanu. Pan stopiodd i gymryd ei gwynt, cydiodd Huws yn ei llaw a'i thywys rownd y gornel o gyrraedd lampau'r stryd. Gwthiwyd o'n erbyn y wal unwaith eto a chrafangodd Tricsi amdano. Agorodd fotymau ei grys a dechreuodd fwytho ei frest. Yna ceisiodd wthio ei llaw i lawr ei drwsus ond roedd ei felt yn rhy dynn. Llaciodd y belt a'r botwm, ac agorodd y balog a llithrodd y dilledyn i draed Huws. Cydiodd yn y trynshyn. Dechreuodd Huws anadlu'n ddwfn. Thrafferthodd o ddim fynd am fronnau Tricsi ond rhoddodd ei law yn ei blwmar. Blydi hel! Trynshyn oedd yn fan'no hefyd!

'Y sglyfath!' gwaeddodd Huws gan wthio Tricsi i ffwrdd ag un llaw a sychu ei geg â'r llall. 'Y mochyn uffar! Yr homo ddiawl!' Trodd Tricsi ar ei sgidiau sodlau uchel a'i g'leuo i lawr y lôn dywyll, gul rhwng yr adeiladau. Cododd Huws ei drwsus yn ôl. Doedd fyw iddo ddangos ei wyneb yn y Weddyrsbwns eto a phenderfynodd adael Owens efo'i ymholiadau. Roedd awydd peint yn uffernol arno; onid oedd blas minlliw 'Tricsi' yn dal ar ei wefusau? Brysiodd am *Y Dderwen*.

Roedd yr Hac yn pwyso ar y bar. Chymrodd Huws

ddim sylw ohono gan bod ei fryd ar archebu dwbwl wisgi. 'Mae ne Myrffis i mewn i chi, Sarjant,' meddai, ond roedd Huws wedi cythru am y gwirod ac wedi ei daflu i lawr ag un llwnc.

Cymrodd gegiad helaeth o'r Myrffis. 'Wisgi dwbwl arall,' meddai wrth y barman, ac aeth hwnnw i lawr yr un modd.

'Syched?' gofynnodd yr Hac, ond doedd Huws ddim eisiau sôn am ei brofiad erchyll. Gorffennodd y Myrffis ac archebodd beint bob un. 'Unrhyw newyddion am Samantha?' gofynnodd yr Hac gan blygu tuag at Huws fel petai'n disgwyl clywed cyfrinach. Ceisiodd Huws ysgwyd ei ben ac yfed yr un pryd.

'Dim byd,' meddai ar ôl gwagio'r gwydr. 'Ffyc-ôl!'

Amneidiodd yr Hac arno i ddod i eistedd at fwrdd yn y gornel. Dilynodd Huws o. 'Wyddech chi bod gan Samantha gariad?' gofynnodd yr Hac. Nodiodd Huws. 'Bachgen o'r enw Ronan Leclerc.' Nodiodd Huws eilwaith. 'Wyddech chi nad ydy pethe'n rhy dda rhwng yr hen ddyn Leclerc â Wil Plethe?' Stopiodd Huws yfed.

'Pam?' meddai cyn rhoi ei geg yn ôl ar y gwydr.

'Roedd Wil wedi gwneud dipyn go-lew o waith ar blasdy Leclerc ac mae o'n cael trafferth cael ei bres. Leclerc yn deud nad ydy'r gwaith i'r safon, a chan na all y Ffrancwr siarad fawr o Susneg a dim Cymraeg a Wil dim Ffrangeg, maen nhw'n cael gryn drafferth i ddadle. Y mab sydd wedi bod yn gwneud y negoshieshyns . . . tan i hyn ddigwydd, wrth gwrs!'

Cododd yr Hac ar ei draed i nôl rhagor o ddiod a rhag iddo orfod dweud y stori i gyd yn rhy sydyn. 'Tyrd â wisgi, hefyd,' gwaeddodd Huws ar ei ôl. 'Dwbwl!'

Ddaeth yr Hac ond â diod i Huws gan fod ganddo waith i'w wneud at y bore. 'Rhaid i mi fynd rŵan,

Sarjant,' a diflannodd drwy'r drws. Cododd Huws o'i gadair ac aeth â'i ddiod gydag o. Roedd tri'n pwyso'n drwm ar y bar ac ymunodd Huws â nhw. Doedd fawr o sgwrs i'w gael, dim ond malu cachu am geffylau, a da hynny, gan y gallai Huws felly ganolbwyntio ar yfed a throi'r ffeithiau am yr achos yn ei ben. Roedd yna sawl un dan amheuaeth ganddo ond câi gryn drafferth i gofio'u henwau, ac felly, allai o ddim llunio rhestr o'r rhai mwyaf tebygol o gipio Samantha. O dipyn i beth anghofiodd am y ferch goll a dechreuodd feddwl am Hanna. Ble'r oedd hi? Byddai wrth ei fodd cael rhoi ei ben rhwng ei bronnau a syrthio i gysgu. Ac yn raddol bach aeth pen Huws yn is ac is nes oedd yn gorwedd yn y soser lwch ar y bar. Hanna oedd yn ei freuddwyd. Roedd yn tynnu amdani ac yn gwthio ei dillad isaf i'w wyneb. 'Huws . . .' sibrydodd. 'Ym . . .?' atebodd gan agor un llygad. Roedd nicyrs piws o fewn modfedd i'w wyneb. 'Neish iawn, Hanna,' meddai gan geisio agor y llall.

'Ym . . . PC Owens sydd yma, Sarjant.'

'Hanna, tyd yma,' meddai gan roi ei fraich am sgwyddau'r heddwas ifanc a chydio'n dynn yn y dilledyn piws.

'Fi sy'ma, Sarjant. PC Owens,' ond roedd Huws y tu hwnt i wrando ar neb. Llithrodd yn araf i lawr y dafarn. Roedd o ddwywaith maint yr heddwas a doedd neb arall oedd yn y bar fel pe bai nhw'n awyddus i'w helpu. Aeth Owens ar ei radio a ffoniodd Hanna Banana. 'Ym . . . Miss Banana . . . dydy'r Sarjant ddim yn teimlo'n dda . . . Mae o'n gorwedd ar lawr Y Dderwen Gam. Ellwch chi ddod i'w nôl o?'

Fuodd Hanna fawr o dro'n dod i'r dafarn. Roedd Huws yn dal i gysgu ar y llawr pan gyrhaeddodd â'r dilledyn yn dynn yn ei law. 'Dyma fo, Miss Banana,' meddai Owens gan gyfeirio at y pentwr ar y llawr.

Edrychodd Hanna fel tyrcan ar Owens. 'Miss Gwilym! Hanna Gwilym, nid Miss Banana!' Trodd at y barman. 'Tyrd i helpu fi'r diawl. Chdi werthodd y diod iddo,' a daeth y barman yn anfoddog i roi help i Hannah ac Owens i gael Huws i'r car oedd wedi'i barcio ar linell felen y tu allan i'r dafarn.

* * *

Deffrodd Huws ar soffa yn lolfa Hanna efo homar o gur pen. Roedd hen dun bisgedi llawn chwd ar y llawr. Gwyddai Hanna am arferion Huws ac roedd wedi rhagbaratoi. Agorodd y drws. Hanna oedd yno efo cwpaned o goffi du yn un llaw a phaced o asprins yn y llall. 'Tyrd! Coda! Mae gen ti gyfweliad mewn hanner awr.'

'Cyfweliad?' ceisiodd Huws ofyn a'i geg cyn syched â gwaelod caej bwji.

'Ia, mi rwyt ti isio sôn am y pum mil yna o wobr am wybodaeth am Samantha Plaything-Jones. Wyt ti'n cofio?'

Doedd o ddim a doedd o ddim hanner da chwaith. Doedd o ddim digon da hyd yn oed i gael cyfweliad papur newydd heb sôn am gyfweliad teledu. Llyncodd yr asprins a'r coffi ac aeth am y stafell molchi. Taflodd ddŵr oer dros ei wyneb a rhoddodd rywfaint o bâst dannedd Hanna ar ei fys a rhwbio'i ddannedd. Yn ffodus, roedd Hanna wedi tynnu ei grys cyn ei roi i orwedd ar y soffa. O leiaf roedd hwnnw'n weddol lân o'i gymharu â'i fest oedd yn stremps chwd i lawr ei blaen. Cafodd ddarn o dôst i'w fwyta yn y car tra gwibiai Hanna am y stiwdio deledu.

Derfel Dafydd oedd y cyflwynydd a thra bu hwnnw'n mân siarad â Huws, aeth Hanna i nôl coffi du arall iddo. Rhybuddiodd Huws y cyflwynydd na chymrai o ddim holi caled am yr achos. Roedd o yno i sôn am y wobr yn unig. Daeth y golau ymlaen yn y stiwdio a throdd y cyflwynydd at Huws. Pedair brawddeg gafwyd ganddo cyn iddo baratoi i godi o'r gadair er mwyn sicrhau na wnai Derfel Dafydd ei holi ymhellach.

Roedd y stafell newyddion y drws nesaf i'r stiwdio a phenderfynodd dalu ymweliad â Llew'r Hac. Doedd fawr yn digwydd yno gan fod pawb â'u trwynau yn y teledu yn gwylio tenis o Wimbledon, neu o leiaf ferched yn chwarae tenis yn Wimbledon. 'Ydy Llew Edwards yma?' gofynnodd.

Trodd un ei olygon oddi wrth din siapus merch o Wlad Tsiec. 'Mae o newydd fynd allan. Rhyw Ffrenshi wedi marw.'

'Dim Leclerc?'

'Dyna fo,' meddai'r llanc a'i drwyn yn ôl ar din y denis-ferch.

'Blydi hel!' meddai a brasgmodd o'r adeilad.

3

'Ffwc o beth, Sarjant. Hi ar goll ac ynte'n ddarne mân yn y car 'ma.' Roedd Llew'r Hac a'i beiriant recordio yn sefyll rhyw ddecllath o weddillion y Mercedes pan gyrhaeddodd Huws. Ond doedd Huws ddim yn gwrando arno; roedd yn edrych yn fanwl ar y car. Dilynodd yr Hac o.

'Be ddigwyddodd?' gofynnodd Huws.

Cododd plisman oedd yn archwilio'r car ei ben pan glywodd lais y Sarjant y tu ôl iddo. 'Mynd fel cont gwirion, mae'n siŵr, Huws! Dyna maen nhw'n 'neud i gyd. Penna bach. Mwy o brês na sens.'

Wel dyna un yn llai i'w holi, meddai dan ei wynt. Be nesa? Aeth Huws i'w gar a dychwelodd i'r dref. Parciodd y car ar linell felen a cherddodd i lawr y stryd fawr i edrych pwy welai o gwmpas. Gwilym Geiria oedd y cynta – a'r unig un – welodd o, a hwnnw'n brasgamu i lawr y stryd tuag at ei swyddfa. Penderfynodd fynd i gael gair ag o. Doedd Wil Plethe, er nad oedd o wedi'i holi eto gan ei fod allan ddydd a nos yn chwilio am ei ferch, yn debyg o ddweud fawr o gyfrinachau am ei fusnes. Roedd Gwil yn debyg o wybod cymaint am fusnes Wil â neb arall.

Camodd Huws i'r swyddfa. O'i flaen roedd desg ac arni bentwr o bapurau. Tarodd olwg sydyn arnyn nhw, ond doedd dim o bwys yna. Clywodd sŵn y toiled yn fflysho ac yna daeth Gwil i'r golwg.

'A, Sarjant!' meddai wedi styrbio braidd. 'Doeddwn i ddim yn eich disgwyl chi yma. Yr heddlu eisiau chydig o pî-âr? Mi fysach chi'n gallu gwneud efo rhywfaint. Does ganddoch chi ddim enw rhy dda yn y dre 'ma. Yn enwedig, gan nad ydach chi ddim agosach i'r lan ynglŷn â chael hyd i Samantha Plaything-Jones.'

Cymrodd Huws gadair, ei llusgo at y ddesg, ei throi ac eistedd arni gan bwyso ei freichiau ar ei chefn. Gwthiodd ei het yn ôl ar ei gorun. 'Ia, Samantha . . . a Wil ei thad.'

'Cwsmer da, cwsmer da iawn, fel ddudis i wrthach chi,' meddai Gwilym gan sythu ei dei-bô.

'Ond dipyn o elynion ganddo, fel pob dyn busnes llwyddiannus?'

'Efallai . . . '

'Wel, chdi ddylai wybod. Mi rwyt ti wedi'i gael o allan o sawl twll pan mae pobol yn gwrthwynebu ei gynlluniau o.'

'Mae o'n cael gwasanaeth da yma, Sarjant. A do, mi rydw i wedi helpu Wil sawl gwaith.'

Estynnodd Huws bensel a darn o bapur glân oddi ar y ddesg. 'Reit dwi isio enwa pawb sydd wedi mynd yn groes i Wil dros y blynyddoedd dwytha – neu Wil wedi mynd yn groes iddyn nhw . . . '

'Ond . . . mi fydd raid i mi fynd drwy'r ffeilia . . . '

'Iawn, mae hi bron yn hanner dydd. Mi a' i draw i'r *Dderwen* am ryw awran, ac mi ddoi'n ôl i gael y rhestr gen ti . . . '

'Ond . . . ond, Sarjant . . . ' Ond chafodd Gwilym ddim cyfle i orffen ei eiria, roedd Huws wedi camu allan drwy'r drws ac ar ei ffordd i'r dafarn. Archebodd beint ac aeth i eistedd i'w gornel arferol. Tynnodd bensel led o'i boced ac estynnodd am fat cwrw. Rhwygodd wyneb un ochr fel bod ganddo ddalen lân i sgwennu arni a dechreuodd restru'r rhai oedd o'n gredu allai fod â rhywbeth i'w wneud â diflaniad Samantha Plaything-Jones.

Yr hen ddyn Leclerc oedd y cyntaf. Ond mi fydd raid i mi ddisgwyl rhwyfaint, mae'n siŵr, iddo ddod dros colli ei fab. Wil Plethe. Byddai raid hoelio hwnnw i lawr a dechrau ei holi cyn gynted â phosib. Major a Mrs Harvey, eto dan deimlad mae'n siŵr. Ramona, ei ffrind, lle bynnag mae honno . . . a'r rhai o'r rapscaliwns sy'n gweithio i Wil. Mae'n siŵr bod y rheiny â'u llygaid ar ferch ddeniadol y bòs.

Penderfynodd Huws orffen ei beint a mynd i chwilio am un ai Wil neu ei weithwyr. Ond yn gyntaf, at Gwilym Geiria i daro dau dderyn ag un garreg. I gael y rhestr o elynion Wil ac i gael gwybod ymhle roedd o wrthi ar y pryd.

Roedd gan Gwilym restr hir gyda'r hen Leclerc ar y blaen. 'Lle mae Wil wrthi y dyddiau hyn?' gofynnodd wrth roi'r rhestr yn ei boced.

'Dipyn o bob man . . . ' ond wrth iddo weld Huws yn rhythu arno, ychwanegodd,' . . . ond mae ei job fwya fo ar dir Cae Chwain. Yn codi dwsin o fyngalos drud.'

Roedd car Huws yn dal ar y llinell felen a dim sôn o docyn ar ei ffenest er bod y warden wedi bod heibio ganwaith. Brysiodd am Gae Chwain ar gyrion y dref.

Camodd John y Fforman tuag ato pan gyrhaeddodd y safle adeiladu. 'Ydi Wil yma?' gofynnodd.

Adnabu John o'n syth. 'Nadi, Sarjant.' Ac roedd pawb arall hefyd, wedi adnabod Huws gan iddyn nhw roi'r gorau i'w gwaith i chwibanu alaw 'The Bill'. 'Dowch efo fi i'r offis,' meddai'r Fforman rhag ofn i Huws fynd at rai o'i weithwyr ac un ai eu waldio neu eu harestio ac yntau'n mynd ar ei hôl hi efo'r gwaith.

'Ydy Wil o gwmpas?' gofynnodd wedi iddo glirio pentwr o bapurau oddi ar gadair blastig ac eistedd arni.

'Na, heb ei weld o ers dyddiau. Mae o'n ffonio bob hyn a hyn, ond mae o allan yn chwilio am Samantha.'

'Be ti'n feddwl sydd wedi digwydd i Samantha?' gofynnodd Huws.

Cododd y Fforman ei ysgwyddau. 'Dim syniad.'

'Ond mae gan Wil elynion?'

'Oes am wn i.'

'Pwy?'

Doedd y Fforman ddim yn rhy awyddus i ateb, a gwthiodd Huws ei wyneb yn nes ato a hoelio'i holl sylw arno. 'Ym, mae yna rai sydd ddim yn licio'i fod o'n codi tai ymhobman . . .'

'Ia?'

'Mae yna amball un yn cwyno am ei waith o . . . ond cwynwrs ydi'r rheiny beth bynnag.'

'Fel Leclerc?'

'Ia, doedd yna uffar o ddim o'i le ar ei waith o, 'nes i ei inspectio fo'n hun. Dydy'r diawl ddim yn dallt gair o Gymraeg na Susnag. Wedi camddallt y sbesifficeshyns oedd o.'

'Oes yna rywun arall sydd ddim yn licio Wil? Rhywun o'r gweithiwrs?'

'Amball un . . . mae Wil yn fistar calad . . . ac mae amball un yma'n ddiog fel bat . . .'

'Fel pwy?' gofynnodd Huws gan symud ei wyneb yn nes at un y Fforman.

'Wel,' meddai hwnnw gan dynnu ei gap a dechrau crafu ei ben. 'Yr un gafodd o fwya o draffarth efo fo oedd . . . Sam Saer.'

'O,' oedd unrhyw sylw Huws a gadawodd i'r llall gario 'mlaen.

Edrychodd y Fforman arno. Pwy oedd yn mynd i siarad gyntaf? 'Doedd pethau ddim yn rhy dda rhyngddon nhw . . .' meddai'r Fforman wedi gryn seibiant.

Parhaodd Huws i syllu arno.

'Mi ath hi jest yn ffeit . . . ond . . . mi gafodd Sam ei gardia'n syth . . . a dwi'n meddwl ei fod o wedi agor caffi rŵan. Gobeithio bod ei fwyd o'n well na'i waith coed o.'

Doedd y Fforman ddim am ddweud mwy, a bu raid i Huws ddechrau procio. 'Be ddechreuodd y ffraeo? Dim ei waith o 'mwn, ne' 'sa hannar y criw 'ma sgen ti heddiw wedi cael sac.'

'Ym . . .' Yn amlwg, roedd y Fforman yn teimlo'n anghffyrddus. Roedd yn cael gryn drafferth i roi cefndir y ffrae.

'Ia . . . caria mlaen,' meddai Huws a'i wyneb ond modfedd o drwyn y Fforman erbyn hyn.

Pwysodd y Fforman yn ôl yn ei gadair. 'Yr hogan bach . . . Samantha . . .'

'Ia?'

'Ddaeth hi yma i chwilio am ei thad . . . ac roedd hi'n gwisgo . . . y trwsus tynn 'ma . . . a rhych ei thin hi'n golwg a rhyw damad o ddefnydd . . . dros . . . ei bronna . . .'

Roedd corneli ceg y Fforman y dechrau gwlychu wrth feddwl am y fath olygfa, a thynnodd ei dafod allan i'w sychu. Parhau'n ddistaw wnaeth Huws.

'. . . ac roedd hi'n drop-twls . . . ac mi wnaeth yr hogia ddechra chwibanu a dangos eu rhycha tin nhwytha . . . Roedd hi, Samantha, i'w gweld yn licio'r holl sylw . . . Ond mi ddaeth Wil ar y sîn . . . Doedd o ddim yn licio gweld yr hogia'n dangos eu tina i'w ferch . . . ond Sam

Saer chopiodd hi. Roedd o'n dangos ei goc iddi . . .'

Ysgydwodd Huws ei ben. 'Typical!'

'Mi gydiodd Wil yn Sam ac mi ath hi'n ffeit. Er bod Wil yn ddyn cry' ac wedi bod yn dipyn o waldiwr yn ei ddydd, doedd o ddim matsh i Sam, oedd yn llithro fel sliwan o'i afael o bob cyfrif . . .'

'Ac mi gath ei gardia?'

'Ddim yn syth. Roedd Wil yn gwrthod rhoi beth oedd yn ddyledus o'i gyflog iddo, a bu raid i Sam fynd i weld twrna ac mi gafodd ei gyflog a chompo am ynffêr dismisal. Doedd dangos ei goc i ferch y bòs ddim yn sail i gael sac, yn ôl y twrna.'

Cododd Huws o'r gadair. 'Reit, John, diolch am hynna. Dal di feddwl am bwy arall gafodd sac gan Wil ac mi alwa i'n ôl rhyw ddiwrnod.'

Doedd dim golwg o fywyd yn *Tamaid* pan gyrhaeddodd Huws y bwyty. Craffodd drwy'r bleinds oedd ar y ffenestri ac edrychodd drwy'r twll lythyrau. Roedd y cadeiriau wedi'u gosod â'u pennau i lawr ar y byrddau ac roedd y lle'n farw fel y bedd. Curodd y drws, ond ddaeth dim ymateb. Camodd at ddrws y fflat lle y cariwyd Sam rai dyddiau ynghynt a chanodd y gloch. Doedd dim ymateb yn fan'no chwaith.

Penderfynnodd Huws fynd i'r cefn i edrych oedd yna arwydd o fywyd yn fan'no. Camodd dros bentwr o focsus gwag a buniau bwyd gwastraff nes cyrraedd y cefn. Gwyddai mai ar y llawr cyntaf oedd stafell Sam gan iddo'i lusgo yno'n llawn cachu wedi'r noson yn y tŷ bwyta. Wrth iddo nesau at ffenest y llofft, clywodd rywun yn cael pelten. Yna sŵn rhywun yn ceisio gweiddi a mwgwd dros ei hwyneb.

Gwthiodd Huws y bin mwyaf o dan y ffenest a dringodd yn araf i'w ben a darganfyddodd bod ei lygaid fodfedd yn uwch na'r silff ffenest. Craffodd drwy'r gwydr. Gwelodd ddyn noeth yn sefyll â'i din tuag ato. Roedd o'n din cyfarwydd, ac o'i flaen, wedi'i chlymu i gadair, merch benfelen. Ac er mai ond o'r ochr y gwelai Huws hi a bod mwgwd dros ei hwyneb, yn ôl y disgrifiadau diweddaraf doedd hi ddim yn annhebyg i Samantha Plaything-Jones . . .

Cafodd y ferch law arall dros ei thin noeth a chafwyd ebychiad drwy'r mwgwd. Basdad! meddai Huws wrth ei hun. Tynnodd ei drynshyn o boced ei got a tharo'r ffenest gan falu'r gwydr yn deilchion. Ond roedd nerth trawiad y trynshyn wedi gwanio gafael troed Huws ar y bin a chyn iddo allu gweiddi 'Iôr yndyr arest', mi lithrodd o'r bin i focs cardbord yn llawn o sbarion y diwrnod cynt.

'Basdad!' meddai unwaith eto, ond y tro hwn yn llawer uwch a gwthiodd y dyn noeth ei ben drwy weddillion ei ffenest.

'Sarjant Huws? Be 'da chi'n da yn fan'na?'

Cododd Huws ar ei draed gan frwsio'r crwyn tatws, tameidiau cig a llysiau oddi ar ei got. 'Be ddiawl ti'n neud yn waldio Samantha Plaything-Jones?'

Edrychodd Sam yn synn arno. 'Samantha! Dim Samantha sydd yma, Mandi. Roeddan ni'n . . . chwara . . . rhyw gêm fach . . .'

Brysiodd Huws i du blaen y tŷ bwyta ac erbyn iddo gyrraedd roedd Sam yn sefyll yn nrws ei fflat a thrwsus a chrys-T amdano. 'Dowch i mewn, Sarajnt, i chi gael golchi'ch dwylo a'ch gwynab.'

Pan gyrhaeddodd Huws y fflat, roedd Mandi wedi'i rhyddhau o'r gadair ac wedi gwisgo amdani.

'Isio gair dwi efo chdi, Sam . . .' meddai wedi iddo gael y slwj o'i ddwylo a'i wyneb.

'Ond . . . ond mae hynna'n ligal, Sarjant. Consenting

adylts ydan ni. Ma' Mandi'n licio cael chwip din . . .'

'Nid Mandi ond Samantha sydd gen i mewn golwg, a'r ffaith dy fod ti wedi mynd at dwrna i gael pres gan ei thad hi.'

Trodd Sam at Mandi. 'Dos di i neud panad i'r ddau ohonan ni . . . a chymra dy amser . . .' Eisteddodd Sam yn y gadair ble bu Mandi unwaith yn borcyn. 'Nath o roi sac i fi, Sarjant, ac roedd arno wsos o gyflog i mi. Felly es i at Henderson y twrna . . . ac . . .'

'Do, dwi'n gwbod, mi ges ti gompo hefyd. Felly mi wnaeth Samantha achosi i ti gael sac?'

Cododd Sam ei 'sgwyddau.

'Hen gotsan, yndê Sam?'

'Wel, nes i ddangos fy . . . hon iddi,' meddai gan roi ei law ar ei gwd. 'Ac roedd hi i'w gweld eitha impresd.'

'Ond sac ges ti, colli joban dda.'

Nodiodd y cyn saer.

'Oeddat ti ddim isio dial arni?'

Agorodd llygaid Sam led y pen. 'Na, na, Sarjant. 'Nes i ddim byd iddi. I ddeud y gwir, 'nath hi ffafr i mi. Gadal job goc ac agor caffi fy hun. O'n i isio gneud hynny ers blynyddoedd.'

'Ella wir, ond doedd o ddim yn beth braf i ti gael sac . . . a dy fêts i gyd yn chwerthin ar dy ben di, yn nagoedd?'

Unwaith eto cododd Sam ei 'sgwyddau.

'Wyt ti wedi'i gweld hi wedyn?'

'Ym . . . na . . .' meddai wrth i Mandi gario tri chwpan i'r stafell.

'Pwy?' gofynnodd.

'Neb,' meddai Sam wrth estyn am y gwpan.

'Samantha . . . Samantha Plaything-Jones?'

'Oedd hi yma noson 'naethon ni agor. Ddudodd hi bod hi'n licio'r lle a'r bwyd . . . ac mae hi wedi bod yma sawl tro wedi hynny. Hi oedd un o'n cwsmeriaid gora ni nes . . .'

'O ia, dwi'n cofio rŵan,' ychwanegodd Sam.

'Mae'n anodd iawn anghofio Samantha, meddan nhw wrtha i. Beth ddel uffernol, gwallt hir melyn, corff fel ffilm-star, lot o sŵn ganddi – yn enwedig ar ôl cael llond cratsh o win . . .'

Edrychodd Sam ar y sarjant heb ddweud gair.

'Be ti'n drio guddio, Sam? Be wyt ti'n wybod am ddiflaniad merch Wil Plethe, dy hen fòs di?'

'Dim byd, Sarjant, go iawn, go iawn . . .'

Tro Mandi oedd hi rŵan. 'Ti'm 'di fod yn potshan efo rhywun arall tu ôl i 'nghefn i?'

'Naddo, na, go iawn.' Ond doedd Mandi ddim yn ei gredu a chafodd flas ei llaw ar draws ei wyneb. Efallai bod Sam yn hoff o Es and Em, ond doedd llaw Mandi ar draws ei foch ddim wrth ei fodd.

'Gotsan!' gwaeddodd a rhuthrodd amdani gan roi ei ddwy law am ei gwddw. Unwaith eto, tynnodd Huws y trynshyn allan ond y tro yma rhoddodd hi'n chwap ar ben y cogydd.

Disgynnodd hwnnw fel lleden ar y llawr. 'Dyn treisgar, Sam yma'n dydi Mandi?'

4

Gadawyd y cogydd yn anymwybodol ym mreichiau Mandi. Doedd Huws ddim am wastraffu amser yn ceisio'i ddadebru i'w holi; câi wneud hynny eto. Penderfynodd fynd draw i'r Ponderosa, y tŷ anferth dull Sbaenaidd a gododd Wil Plethe iddo'i hun a'i deulu wedi iddo wneud ei filiwn cyntaf. Roedd muriau'n amgylchynu'r Ponderosa fel rhai'r Alamo gynt. Gyrrodd Huws tuag at y giât. Gwthiodd arni ond wnai hi ddim agor. Gwelodd flwch a botwm arno ar y dde ac aeth ato. Roedd gorchymyn yn Saesneg i ymwelwyr siarad i mewn i'r teclyn. Gwnaeth hynny gan ofyn am Wil a'i wraig, ond daeth llais gwichlyd yn ôl i ddweud nad oedden nhw ar gael. Rhoddodd Huws ei geg yn nes at y blwch a chododd ei lais. 'Nid rhyw drafeiliwr tintacs sydd yma, ond Sarjant Dic Huws, Arfon CID, a 'sa chdi'n dod i'r giât 'ma mi ddangosa i 'ngherdyn i ti.'

Ond ddaeth neb. Er hynny, agorodd y giât ohoni ei hun a neidiodd Huws i'w gar a gwibio i fyny'r lôn darmac at un o byrth y tŷ. Daeth dynes i'r drws, un nid annhebyg i Madelaine Plaything-Jones. Eglurodd mai ei chwaer oedd hi ac nad oedd honno ar gael i neb gan ei bod yn drwm dan feddyginiaeth doctor. 'Us Wil in?' gofynnodd Huws yn ei Saesneg gorau.

Doedd hi ddim am ei ateb yn syth, ond pan chwipiodd

Huws ei gerdyn allan dywedodd fod Wil yng nghefn y tŷ. Brysiodd i'r dde ond bu raid iddo arafu ei gam wedi peth amser gan iddo fynd yn fyr o wynt â chymaint o waith cerdded o amgylch tŷ Wil Plethe. O'r diwedd cyrhaeddodd y cefn; arhosodd ac edrychodd rownd y gornel gan iddo glywed sŵn tuchan.

Yno roedd dyn canol oed, ei wallt coch erbyn hyn ond i'w weld hyd ochrau ei ben. Roedd ei fol yn gwthio allan gryn ddeng modfedd a châi ei ddal i fyny gan felt dew, ddu o gwmpas ei ganol. Roedd Wil â rhaw yn ei law yn tyllu a thuchan. Roedd twll mawr o'i flaen ac âi hwnnw'n raddol fwy ei faint ac erbyn hyn yn ddigon tyfn i gladdu rhywun.

'Claddu rhywbeth . . . rhywun, Wil?' gofynnodd Huws pan roedd rhyw lathen y tu ôl iddo.

Neidiodd hwnnw i'r awyr gan ollwng y rhaw i'r twll. 'Y cotsun! Be uffar tisio? Tisio rhoi hartan i mi?' Ac yn wir, roedd wyneb Wil yn fflamgoch a chwys yn diferu o'i dalcen. Plygodd i lawr ac estynnodd at bentwr o frics ger y twll.

Eisteddodd Huws wrth ei ochr. 'Mae hwnna'n dipyn o dwll, Wil? Claddu rhywbeth?'

'Isio rwbath i neud o'n i Dic, rwbath i fynd â 'meddwl i oddi wrth yr hogan fach. Dwi 'di bod ymhob man yn chwilio amdani. Does na'm byd i neud rŵan ond aros adra a disgwyl iddi ffonio. Fedra i'm aros yn tŷ'n gneud dim, felly mi ddechreuis i wneud twll ar gyfer gosod septic tanc newydd rywbryd.'

'Dim newydd felly, Wil?'

'Dim, uffar o ddim. 'Sgen ti rwbath? Glywis i dy fod ti wedi bod ar y bocs yn deud mod i'n cynnig pres am wybodaeth.'

'Na, dim hyd yn hyn Wil. Dyna pam dwi yma. Isio dy

holi di chydig, i edrach ga'i rywfaint o gliws pam ei bod hi wedi diflannu.'

Nodiodd Wil.

''Sgen ti elynion?' gofynnodd Huws gan edrych yn syth i'w lygaid.

'Dim mwy nac unrhyw ddyn busnes llwyddiannus arall. Ond beth bynnag, *fi* fysan nhw'n gidnapio nid Samantha, am wn i.'

Doedd Huws ddim mor siŵr. 'Wyt ti wedi cael nodyn neu alwad ffôn gan rywun ynglŷn â hi?'

Ysgydwodd Wil ei ben tra'n syllu i ddyfnderoedd y twll o'i flaen.

Ar hynny daeth ei chwaer-yng-nghyfraith i'r golwg. Amneidiodd ar Wil. Cododd hwnnw ac aeth ati. Dechreuodd roi neges o ryw fath iddo, ond gan ei bod wedi gostwng ei llais chlywai Dic yr un gair.

'Rhywbeth pwysig?' gofynnodd Dic wedi iddo ddychwelyd.

'Na, jest deud nad ydy'r wraig ddim gwell. Mae hi'n ddrygs at ei haeliau, ac yn cysgu'r rhan fwyaf o'r dydd a'r nos. Fel arall, dwi'n siŵr y bysan ni wedi gorfod ei chloi hi i fyny.'

'Sgen ti ffansi 'nangos i o gwmpas y Ponderosa, Wil? Mae o'n le smart iawn.'

'Ydy, mae wedi costio beth uffar i mi. Na, Dic, rhywbryd eto, pan fydd petha wedi gwella arna i. Mi gawn ni uffar o barti yma pan ddaw Samantha bach yn ôl.'

Ar hynny, cododd Huws a ffarwelio â Wil, a gadawodd y Ponderosa gyda'r giatiau'n agor a chau fel pe bai rhyw borthor cudd wedi gweld Dic yn dod.

Roedd rhestr o elynion Wil yn dal yn ei boced yn llawysgrifen ddestlus Gwilym Geiria. Stopiodd y car a thynnodd y papur o'i boced. Doedd neb yn ei daro fel rhywun fyddai'n cipio merch ifanc. Rhyw fân bobol fusnes oedden nhw i gyd, i gyd wedi cadw at y llwybr cul ar hyd eu hoes. Ar wahân i'r Ffrancwr, wrth gwrs, ond doedd dim a wyddai Huws amdano a allai ei wneud yn gipiwr merched ifanc – ar wahân i ragfarn gynhenid Huws at dramorwyr. Nid rŵan oedd yr amser i fynd i'w holi ac yntau newydd golli ei fab, ac ar ben hynny doedd gan Huws yr un gair o Ffrangeg. Byddai raid iddo gael Hanna i ddod i'w helpu.

Rhoddodd y papur yn ôl yn ei boced a syllodd at yr afon i hel ei feddyliau. Ond yn sydyn torrwyd ar ei olygfa gan sawl cysgod. Craffodd yn fanylach. Dic Donci oedd yno a haid o'i blant yn ei ddilyn ar hyd llwybr a redai ar hyd glannau'r afon. Roedd gan bob un ohonyn nhw sach ar eu cefnau.

Camodd Huws yn araf o'r car a chau'r drws yn ddistaw ar ei ôl. Dilynodd yr haid gan lithro o lech i lwyn rhag iddyn nhw ei weld. Yna gwelodd nhw'n aros, a phob un yn tyrchu i'w sach. Y Donci dynnodd wrthrych allan gyntaf – pâr o nicyrs! Ac yna ddarn arall o ddilledyn merch. Roedd gan yr hynaf, hefyd, erbyn hyn ddarn o ddillad isaf yn ei law ac yn ei astudio'n ofalus.

Roedd Huws rŵan o fewn rhai llathenni i deulu'r Donci, ond doedd yr un wedi'i weld, gymaint yr oedden nhw'n canolbwyntio ar y dillad yn y sachau oedd, erbyn hyn, yn bentyrrau taclus ar y gwair wrth yr afon.

'Reit! Dwi di'ch dal chi'r diawlad!' meddai Huws wrth gamu o'i guddfan. 'Dillad pwy ydy'r rheina? Ydy dillad Samantha Plaything-Jones yn eu mysg?'

Safai Donci a'i deulu a'u cegau'n llydan agored a'u traed wedi'u hoelio i'r ddaear – ar wahân i'r lleiaf a geisiodd gymryd y goes cyn i Huws gydio 'ngholer ei got.

'D . . . d . . . d . . . ,' oedd yr unig synnau ddeuai o geg

Dic Donci, ond camodd yr hynaf i'r bwlch gan nad oedd ganddo gymaint o barch i'r glas â'i dad.

'Be uffar ydy o i chdi be ydy'r rhein?'

'Yli'r cwd bach, os na châ i gydweithrediad gan y blydi lot ohonach chi, mi fydda i'n eich arestio mewn cysylltiad â diflaniad merch Wil Plethe.'

Distawodd y llanc a chafodd y Donci gyfle i gael ei leferydd yn ôl.

'S . . . Sarjant, d . . . dim dillad merch Wil ydy'r rhain . . . '

'Pwy 'ta?'

''Da ni wedi bod rownd tai yn hel dillad i siop Oxfam,' meddai un oedd rhywle yn y canol o ran oedran a'i le yn y llinell. 'Ond 'da ni'n sortio nhw allan rŵan i fynd â nhw i'r car-bwt-sêl i'w gwerthu i Dad gael pres lysh.'

Ysgydwodd Huws ei ben mewn anobaith. 'Pa blydi jans sydd gan y rhein mewn bywyd, os wyt ti'n eu dysgu i dwyllo bobol y dre 'ma?'

Cododd Dic ei ysgwyddau. 'Mae pawb isio byw, yn tydi?'

'Reit, gan eich bod yma efo'r holl ddillad isa 'ma, mi gewch chi wneud diwrnod o waith i Arfon CID,' meddai Huws oedd erbyn hyn wedi rhoi ei din i orffwys ar garreg. 'Dwi'sio chi fynd drwy'r holl ddillad yma a chwilio am rywbeth sy'n edrych yn ddrud, fesul sachad i mi gael cadw golwg arnoch chi.'

Nodiodd pawb a dechreuwyd gyda sach y tad. Dillad rhai mewn oed oedd y rhan fwyaf. Cafwyd sawl blwmar Marcs an Sbensyr oedd yn ddigon i gynnal eisteddfod ynddo a sawl brashyr wnai gafnau dŵr i eliffantod. Prin oedd y pethau bach a gynhyrfai ddyn, a phan ddeuai'r rheiny i'r golwg codai Huws o'i garreg i gael golwg fanylach.

'Does 'na'm byd drud iawn yma, Sarjant,' meddai'r hynaf wedi i'r sach olaf gael ei gwagio. 'Cheith dad fawr o sesh ar ôl i ni werthu'r rhain.'

Roedd Huws yn astudio'r pentyrrau. Plygodd ac estynnodd bâr o nicyrs gwell na'i gilydd, yn wir ddau bâr. Rhoddodd nhw'n ei boced. Mi wnaiff rhain yn anrheg i Hanna, meddai wrtho'i hun, ma'i phen-blwydd hi'n o fuan. 'Mi gadwa i'r rhain fel efidens,' meddai. 'Reit cerwch â'r rheina i gyd i siop Oxfam rŵan ac os gwela i nhw mewn car-bwt-sêl, mi fyddwch chi i gyd o flaen eich gwell am ddwyn a thwyllo.' Trodd ar ei sawdl a dychwelodd i'w gar cyn gyrru'n araf yn ôl am ei swyddfa. Roedd am cael p'nawn distaw i gael trefn ar ffeil drwchus diflanniad Samantha Plaything-Jones.

Ond nid felly y bu.

Doedd o ond newydd roi ei draed ar y ddesg pan gerddodd yr Arolygydd Amanda Daniel i mewn. 'Sarjant! Mae'n rhaid i ni gael cyfarfod brys. Beth ydy'r diweddaraf ynglŷn â diflaniad Samantha . . . Miss Plaything-Jones?'

Tynnodd Huws ei draed oddi ar y ddesg ac estynnodd at y ffeil drwchus oedd o'i flaen. 'Dyma bopeth am y cês hyd yma,' meddai, ond ei hanwybyddu wnaeth yr Arolygydd.

'Unrhyw ymateb i'ch ymddangosiad ar y teledu?'

'Dim eto.'

'Unrhyw ddatblygiadau? Pwy sydd gennych dan amheuaeth? Ydyn ni'n nes i ddatrys yr achos yma?'

Roedd yr holi'n gwneud Huws yn anesmwyth. Cododd o'i gadair. 'Fel rydach chi'n gwybod Inspector bach, ara deg mae dal iâr. Nid ar redeg mae aredig a ballu. Ellwch chi ddim datrys achos fel hwn dros nos. Nid rhyw achos cyffredin, comon criminal yw hwn. Na, mae hwn yn achos anarferol . . . '

Ond chafodd o ddim cyfle i orffen. Pan drodd oddi wrth y ffenest i wynebu ei fòs, taerai y gwelai stêm yn dod allan o'i chlustiau. Roedd ei dyrnau wedi'u cau'n dynn ac roedd ei cheg yn un llinell syth, goch. Mae yna rwbath yn secsi mewn merch brydferth wedi gwylltio, meddyliai Huws.

Agor wnaeth y gwefusau cochion, 'Sarjant!' gwaeddodd. 'Mae pythefnos wedi mynd a dydych chi ddim nes i'r lan. Mi rydw i'n rhoi pythefnos arall i chi, ac os na fydd Samantha yn ôl efo'i theulu a'i chipiwr dan glo erbyn hynny, mi fyddwch chi'n ôl ar y bît yn cerdded strydoedd!'

Trodd ar ei sawdl ac unwaith y diflannodd y tin siapus mewn sgert dynn polîs-ishw drwy'r drws, eisteddodd Huws yn ôl yn ei gadair. Yn ôl ar y bît! Mae hynny'n golygu na fyddai'n Sarjant mwyach. Llai o gyflog, llai o bres cwrw! Roedd hi'n amser i fynd i'r afael go-iawn â diflaniad Samantha Plaything-Jones.

'Ramona.'

'Dyna oedd hoff gân nain,' meddai llais o'r tu ôl i Huws oedd erbyn hyn wedi troi cefn ei gadair at y drws er mwyn syllu ar y rhestr oedd ar y wal o'r rhai oedd dan amheuaeth. 'Y Bachelors oedd yn ei chanu hi dwi'n credu.' PC Owens oedd yno.

'Mae dy wybodaeth di'n syfrdanol, Owens,' meddai wrtho. Sgwariodd yr heddwas ifanc. 'Ond yn dda i ffyc-ôl i ddatrys trosedd fwya'r flwyddyn os nad y ganrif. Cipio mêt gora'r Inspector!'

'Ond . . . ond, ma gen i syspect i chi, Sarjant. Mae o yn y celloedd yn barod.'

'Pwy?'

'Richard Meurig Alwyn Davies.'

'Pwy uffar ydy hwnnw? Twrna neu rwbath yn ôl ei enw.'

Symudodd PC Owens yn nes at Huws a gostyngodd ei lais. 'Ym, Dic Donci mae rhai'n ei alw. Dwi'n meddwl fod o'n cadw mul ar un amser.'

Cododd Huws ei aeliau wrth anobeithio ag Owens. 'Pam ti'n ama Dic Donci?'

'Roedd o'n sefyll ar gornel y stryd fawr yn gwerthu . . . ym, nicyrs . . . A chan nad oedd ganddo drwydded i werthu pethau ar y stryd, mi es i ato ac mi wnes i edrych be oedd ganddo'n iawn . . . ac mi welis i'r rhein,' ac ar hynny, tyrchodd Owens i boced ei drwsus a thynnu allan ddau bâr o nicyrs, un pinc ac un glas.

'Mi rwyt ti wedi dod yn dipyn o arbenigwr ar nicyrs, Owens.' Cochodd. 'Ydy dy fodan di'n gwybod hyn? Sut rai sydd ganddi hi? M? Ydy hi'n gwisgo rhai?'

'Ydy, Sarjant. Dwi'n siŵr 'i bod hi. Mae Alwena'n un ofnadwy am ddal annwyd a fysa hi ddim yn mynd allan heb . . . heb nicyrs.'

'Gobeithio wir.'

Gwthiodd Owens y nicyrs i gyfeiriad Huws. 'Ylwch, Sarjant. Dwi'n siŵr eu bod nhw'r un mêc â'r rhai piws gawson ni hyd iddyn nhw yn y sièd yna.'

Craffodd Huws i gefn y dillad isaf. Allai o ddim bod yn siŵr, ond roedd y brethyn i'w glywed yn stwff o safon wrth iddo ei fwytho rhwng ei fysedd. Sut uffar fethis i'r rhain wrth chwilio sachau teulu'r Donci? meddyliai wrth syllu ar wyneb Owens oedd yn dal yn fflamgoch. 'Reit, i'r celloedd i weld Dic Donci!' meddai Huws a gwthiodd yr heddwas ifanc o'r neilltu cyn camu i lawr y coridor.

Er cymaint o rafin oedd y Donci, doedd o erioed wedi bod mewn cell o'r blaen. Roedd rhywsut wedi gallu cadw un cam o flaen y gyfraith – tan heddiw. Daeth golwg o ryddhad ar ei wyneb yn syth y gwelodd ben Huws drwy'r bariau. 'Sarjant, dwi'n falch iawn o'ch gweld chi.'

Agorwyd drws y gell, a rhuthrodd y Donci at Huws. 'Dydw i wedi gneud dim o'i le. Es i ddim â'r dillad i gar-bwt-sêl, 'nes i eu gwerthu nhw ar y stryd.'

'Dyna o'n i'n ddallt, Dic. Ond be dydw i ddim yn ddallt ydy, sut i Owens gael hyd i'r ddau yma yn dy sach di tra doedd dim golwg ohonyn nhw pan es di a dy deulu drwy'r sachau yn fy ngwydd i?'

'Mae hynna'n hawdd, Sarjant,' meddai yn falch o fod o gymorth i Huws. 'Wnes i alw yn nhŷ Miss Ramona Parry wrth fynd heibio.'

'Ac mi roddodd ei nicyrs i ti?' gofynnodd Huws mewn anghredinedd.

'N . . . na . . . wnes i . . . eu dwyn nhw oddi ar y lein . . . '

''Da chi isio fi jarjio fo rŵan, Sarjant?' gofynnodd Owens yn llanc. 'Dwi 'di dal lleidr nicyrs!'

'Lleidr nicyrs! Owens bach, mae mêt gora'r Inspector ar goll ers bythefnos a'r unig beth elli di feddwl amdano ydy dyn yn dwyn dillad isa!' Trodd at y carcharor. 'Donci, os dalia i di eto'n gwneud unrhyw beth efo dillad, nicyrs merched ai peidio, mi fydd hi wedi cachu arnat ti. Dos i chwilio am waith go-iawn, bendith dduw i ti!'

Doedd dim rhaid dweud ddwywaith, cyn i Dic Donci frysio o'r gell. Trodd Huws at PC Owens. 'Fel o'n i'n deud gynna cyn i ti dorri ar fy nhraws a sôn am un o hoff ganeuon dy nain. Ramona, dyna pwy dwi isio weld nesa, Ramona Parry, cyfaill pennaf Samantha a dynes â'r un tâst mewn dillad isaf. Mi gei di ddod efo fi ac mi gei ddychwelyd y nicyrs i'w perchennog. Ella bydd ganddi hi wobr i chdi.'

'I . . . iawn, Sarjant, ella wir.'

Doedd Owens ddim ffit i yrru car gan fod ei feddwl i gyd ar y dillad isaf yr oedd yn cydio'n dynn yn ei ddwylo ac felly yng nghar Huws yr aethon nhw i River Terrace. Tai'r werin oedd y rhain ar un amser, yn wir fu ond y dim iddyn nhw gael eu dymchwel yr un pryd â rhai eraill o'r un math yn ystod cyfnod y clirio mawr yn y chwedegau. Ond fe'u harbedwyd am ryw reswm ac erbyn hyn roedden nhw'n dai i rai o gyfryngis y dref. Yn rhif saith yr oedd Ramona Parry'n byw yn ôl y nodiadau yn ffeil diflaniad Samantha. Tŷ pen oedd o a dyna pam y bu iddi fod mor hawdd i Dic Donci gael gafael ar ei dillad isaf o'r ardd gefn.

Parciodd Huws y car wrth ochr y tŷ. Roedd y lein ddillad yn wag. Brysiodd y ddau i flaen y tŷ, ond fu dim raid curo'r drws. Roedd yn gil agored. Gwthiodd Huws o, a rhoddodd un droed i mewn yn y lobi. 'Ramona! Miss Parry!' gwaeddodd. Ond doedd dim ateb. Aeth i mewn a rhoddodd waedd arall ar y perchennog o waelod y grisiau. Unwaith eto distawrwydd. Doedd Huws ddim am fentro i'r llofft rhag ofn bod rhywun ar ei chefn yn fan'no ac yntau'n cael ei gyhuddo o bob math o bethau, felly am y gegin yr aeth o. Doedd neb yn fan'no chwaith.

Cydiodd yn nwrn drws y lolfa gydag Owens mor dynn wrth ei sodlau fel y gallai ei deimlo'n anadlu'n gyflym ar ei war. Doedd dim yn fan'no chwaith, felly roedd rhaid mentro i fyny'r grisiau. 'Ffyc-mi!' ebychodd, unwaith yr oedd y drws yn llydan agored. 'Be uffar sydd wedi digwydd yn fan'ma?'

Roedd hi'n edrych yn debyg i rywun fod yma'n chwilio a chwalu. Roedd y droriau i gyd yn agored a dillad wedi'u taflu'n brith-draphlith ar y llawr. Ond buan yr aeth ei lygaid oddi ar y dillad pan welodd syrinj wrth droed y gwely. 'Owens, mae yna rywbeth mawr wedi digwydd yma.'

'I Ramona?'

'Mae'n debyg iawn.'

'Gai'm rhoi'r nicyrs yma'n ôl iddi felly'n na chaf . . . '

48

5

'Dic Donci! Wyt ti'n siŵr mai nid yn *nhŷ* Ramona Parry gest ti'r nicyrs?' gofynnodd Huws a'i law yn dynn am wddw'r Donci

'Na, na, go-iawn, Sarjant. Es i'm yn agos i'r tŷ, 'mond i'r ardd, at y lein . . . '

'Welis di rywun yn y tŷ neu o gwmpas?'

'Neb, Sarjant. Fyswn i ddim wedi tshansio hi os fysa 'na rywun yna.' Llaciodd Huws ei afael.

'Pwy ydy'r jyncis o gwmpas y lle yma? Pwy fysa gan syrinj?'

'Sgen i'm syniad, Sarjant, go-iawn. Fydda i byth yn twtshiad y petha, na'r hogia chwaith, ond mae 'na beth uffar o gwmpas, meddan nhw.'

'Os glywi di rwbath, ffonia fi'n syth.'

'Iawn, Sarjant, iawn . . . ' a charlamodd y Donci o grafangau Dic Huws.

Roedd nodyn ar ddesg Huws pan ddychwelod i'w swyddfa. Roedd yr Arolygydd eisiau ei weld ar frys. Doedd dim golwg rhy dda arni pan gyrhaeddodd ei swyddfa. Roedd PC Owens yno eisoes. 'Samantha . . . a rŵan Ramona,' meddai a chryndod yn ei llais. 'Pwy nesa?'

'Chi ella, Inspector,' meddai Owens gan geisio bod o gymorth.

'Ti'n gall Owens . . . ?' harthiodd Huws arno.

'Ond . . . ond mae'r Inspector yn ffrindia efo'r ddwy . . . ac mae ei henw hi'n gorffan efo 'a'. Samantha, Ramona, Amanda . . . '

'Sarjant, ella bod Owens yn iawn. Mi rydw i eisiau i chi drefnu i ddau blisman arfog fy ngwylio ddydd a nos.'

'Ond Inspector bach, does ganddon ni ddim digon o ddynion i roi ar y cês heb sôn am roi dau i'ch gwarchod chi . . . A beth bynnag, o'r rhai sydd gynnon ni, fyswn i ddim yn eu trystio nhw efo cyllall bocad heb sôn am wn.'

''Na i'ch gardio chi, Inspector,' meddai Owens gan godi o'i gadair er mwyn cael symud yn nes ati.

'Efallai eich bod yn iawn, Sarjant,' meddai wrth edrych ar Owens. 'Ond mi fydd rhaid i mi fod yn ofalus.'

'Wn i be wnâ i efo chi. Mi gâ i Harri Hownd a'i gi i gadw golwg arnoch chi; does ganddo fawr i'w wneud drwy'r dydd ar wahân i ddydd Sadwrn pan mae o'n cadw golwg ar hwligans ffwtbol yn yr Ofal.'

* * *

'Be sydd wedi digwydd i Ramona?' gofynnodd Hanna pan alwodd Huws yno wedi gwaith. Doedd ganddo ddim tamaid o fwyd yn y tŷ ac roedd hi'n llawer haws galw efo Hanna na mynd i'r siop.

'Be sgen ti i fyta heno?'

'Llew oedd yn deud bod rhywun wedi'i chipio hi. Eu bod nhw wedi'i drygio hi a'i llusgo hi o'i thŷ.'

''Sgen ti ddim becyn ac wy neu rwbath, yn lle'r blydi pasta 'na o hyd?'

'Rhyfadd bod hi a Samantha wedi diflannu a'r ddwy'n gymaint o ffrindia'n de.'

'Rhyfadd uffernol, ac mae hyn wedi bygro fi fyny go

50

iawn rŵan. Roeddwn i'n ama'n gry fod diflaniad Samantha rywbeth i'w wneud efo busnes ei thad. Ond rŵan dwn i'm,' meddai Huws gan wthio'i drwyn i gwpwrdd bwyd Hanna. 'Duw, mi neith y corn-bîff 'ma'n iawn i mi. Be ti'n wybod am Ramona? Un o ffor'ma ydy hi?' gofynnodd gan estyn y tun i'w agor iddi.

'Un o'r de ydy hi, ei thad hi'n ddoctor, wedi cael dechrau da mewn bywyd – fath â Samantha, a dyna pam yn siŵr fod y ddwy'n gymaint o ffrindia.'

'Adar o'r unlliw ac ati,' meddai Huws gan estyn plât i ddal y tafelli tew o gorn-bîff. 'Ond sut uffar ti'n gwbod hyn i gyd?'

'Fuodd hi'n gweithio acw'n do, ar ôl gadael coleg. Fan'cw ddechreuodd hi, doedd hi'n gwybod bob dim ac o fewn fawr o dro roedd hi wedi dechrau cwmni cynhyrchu rhaglenni ei hun, ond welis i ddim o'i hoel hi'n unlla. 'Sgen ti syniad be ddigwyddodd iddi hi?'

Doedd Huws ddim am ateb, a fedrai o ddim chwaith pe bai'n dymuno gan fod llond ei geg o frechdan corn-bîff.

* * *

Gwyddai Huws y byddai'r Arolygydd Amanda Daniel yn cadw llygad barcud arno o hyn ymlaen. Roedd dal cipiwr Samantha a Ramona yn fater personol iddi, ac onid oedd Owens wedi ei dychryn drwy awgrymu mai hi fyddai'r nesaf? Ond doedd o ddim yn disgwyl galwad mor sydyn ganddi.

Eistedd yn ei gar y tu allan i'r pencadlys oedd o yn ceisio clirio'i ben cyn cydio'n y drws a cherdded y canllath i'r drws ffrynt. Roedd Hanna ac yntau wedi rhoi clec i sawl potel win wedi'r brechdanau corn-bîff. Doedd o ddim hanner da ac roedd ganddo ofn y byddai'r bendro arno unwaith y byddai'n codi ar ei draed, felly roedd wedi penderfynu aros yn y cerbyd am rai eiliadau i'r gwaethaf gael clirio. Ond chafodd o ddim. Clywodd waedd. 'Help! Help! Sarjant!'

Edrychodd i'r dde ac yno'r oedd yr Arolygydd yn fflat ar draws bonet ei BMW a chi Harri Hownd yn ceisio'i mowntio o'r cefn. 'Rarglwydd!' meddai Huws wrth frysio o'r car. ''Sgin ti'm trefn ar y ci 'na?'

'Ond Sarjant, mae o wedi mynd yn wallgo. Dwi'n meddwl mai sent yr Inspector ydy'r drwg. Mae o eisiau mynd ar ei chefn hi bob cyfle!'

A welai Huws ddim bai ar y ci druan, teimlai'n union yr un fath ag o. Cydiodd y ddau blisman yn nhennyn Sbando a'i dynnu oddi ar yr Arolygydd. Wedi iddi ei chael ei hun yn rhydd, cododd yr Arolygydd i'w thraed a gwthio'i sgert i lawr. Hmmm, meddai Huws. Mae hithau'n gwisgo nicyrs fel rhai Samantha a Ramona.

'Ar be 'da chi'n syllu'r ddau ohonoch chi?' sgyrnygodd yr Arolygydd, ond doedd fiw i'r ddau ddweud. 'Oes ganddoch chi ddim byd gwell i'w wneud?'

Ond doedd dim ar y pryd, oherwydd roedd yr awydd wedi codi ar Sbando unwaith eto ac roedd yn tynnu'n dynn ar ei dennyn. 'Brysiwch, Inspector,' meddai Harri, 'neu mi fydd yr hownd ar eich cefn chi eto.'

Brysiodd yr Arolygydd o olwg yr anifail, gan weiddi ar Huws pan oedd hi'n ddigon pell oddi wrth Sbando, 'Dwi 'sio'ch gweld chi yn fy swyddfa'n syth!'

Aeth Harri â'i hownd yn syth i'w gwt, er ei fod wedi tawelu erbyn hyn gan fod yr Arolygydd wedi diflannu a brysiodd Huws i weld ei fòs.

'Mae'n . . . mae'n amlwg nad ydy ci PC Pritchard . . . yn da i ddim i'm gwarchod. Mae'n rhaid cael trefniant arall. Mae'n rhaid i mi gael heddwas arfog gyda mi drwy'r amser.' Gwyddai Huws nad oedd pwynt dadlau pan fyddai'r olwg benderfynol hon ar wyneb yr Arolygydd.

'Ia, iawn, ond does yna neb wedi cael hyffordiant efo arfau.'

'Mi fydd raid i chi ryddhau rhywun . . . ar frys.'

Ond pwy fyddai'r rhywun hwnnw? Roedd y ffôrs yn brin o blismyn fel roedd hi. Pwy allen nhw ei ryddhau, yn gyntaf i gael hyfforddiant ac yn ail i fod wrth din Amanda drwy'r dydd . . . a'r nos. Roedd bron iawn â chynnig ei hun, ond gwyddai y byddai'n gwrthod iddo gan fod ei angen o i ddal y cipiwr. Doedd gan Harri Hownd fawr o ddim i'w wneud drwy'r wythnos, ond roedd ei angen o bnawniau Sadwrn i gadw trefn ar dyrfa'r Ofal. Doedd dim amdani ond cynnig . . . PC Owens.

'Ydach chi'n siŵr fod o ddigon da, Huws?'

'Wel, efo tridia o hyfforddiant efo MP5 i Owens, ddaw neb o fewn canllath atoch chi, Inspector.'

'Efallai wir. Diolch Sarjant,' meddai gan daro gwên i'w gyfeiriad. Cydiodd Huws yn dynn yng nghefn y gadair i sadio'i hun. 'Mi . . . mi fyddai'n well gen i . . . gael rhywun profiadol fel chi i'm gwarchod, Sarjant . . . ond . . . '

'Ia, dwi'n dallt, Inspector,' a brysiodd Huws o'r swyddfa cyn i'w bengliniau droi'n jeli ac yntau'n dweud pethau wrth Amanda na ddylai.

Doedd waeth iddo dorri'r newyddion i Owens yn syth ac aeth i'r cantîn i chwilio amdano. Eisteddai Owens ar ben ei hun wrth y ffenest yn darllen y rhifyn diweddaraf o'r *Goleuad*. 'Bore braf, Sarjant?' meddai wrth godi i gyfarch ei fòs.

'Bosib iawn. Deud i mi, Owens, sut fysa ti'n licio tridia yn sowth Wêls?'

'Neis iawn Sarjant, ond fysa raid i mi ofyn i Alwena gynta.'

'Dim gofyn o'n i ond deud. Mi rwyt ti'n mynd i Brijend fory am dridia o wepyns-trening.'

Syrthiodd gwep Owens. 'Ond . . . '

'Does yna ddim 'ond'. Mae hi'n fraint ac anrhydedd i ti. Mi rwyt ti wedi cael dy ddewis i warchod Inspector Amanda Daniel, pennaeth Arfon Difision.'

Doedd Owens ddim yn siŵr beth i'w wneud. Crio 'ta ymfalchïo. Mae'n wir ei bod yn anrhydedd, ac roedd hi'n wir ei fod yn hanner disgwyl rhywbeth o'r fath ers peth amser gan ei fod yn teimlo bod ei gyfraniad i'r ffôrs yn un clodwiw. Ond gynnau? Roedd yn gas ganddo wylio ffilmiau cowbois heb sôn am afael mewn gwn go-iawn! A beth fyddai Alwena'n ei ddweud a'r ddau ohonyn nhw'n heddychwyr ac yn ffrindia mawr efo'r Parchedig Emlyn Richards?

'Dwi 'sio chdi ar y trên saith fory efo dy byjamas wedi'i bacio'n ddel a digon o bres lysh am dridia gen ti.'

'I . . . iawn, Sarjant. Ond dwi ddim yn credu y bydda i angan y pres . . . lysh . . . '

'Ella wir. Cofia Owens, braint ac anrhydedd . . . ' a cherddodd Huws yn ôl i'w swyddfa i chwilio am baced o aspirins.

Canodd y ffôn newydd iddo gyrraedd. Hanna oedd yno, ond nid gofyn sut oedd o wedi'r sesh oedd hi ond edrych beth oedd canlyniad ymddangosiad Huws ar y teledu yn cynnig gwobr am ddal cipiwr Samantha. 'Ffyc-ôl, Hanna bach, ffyc-ôl. 'Sa waeth i mi gynnig gwobr am wybodaeth am Osama Bin Laden ddim.' Ac ar hynny, chwythodd Hanna gusan i lawr y ffôn ac aeth yn ôl at ei gwaith.

Eisteddodd Huws yn ôl yn ei gadair. Meddyliodd yn

galed. Doedd o'n mynd i unlle a'r Arolygydd wedi rhoi
pythefnos iddo ddatrys diflaniad y ddwy. Roedd wedi
holi bron bawb – ar wahân i'r Mejor a'i fusus, ond doedd
y rheiny ddim yn debyg o fod wedi cipio'u hwyres. Beth
bynnag, roedd y ddau mewn gwth o oedran a'r ddau dan
deimlad yn ôl y sôn, ac yn dallt dim Cymraeg er iddyn
nhw fyw yma ers hanner canrif. Saesneg sâl oedd gan
Huws ar y gorau, a doedd o ddim am wastraffu'r hyn
oedd ganddo i ddim pwrpas. Doedd ond un peth i'w
wneud mewn sefyllfa o'r fath. Mynd am beint.

Roedd yr Hac yno eisoes pan gyrhaeddodd Huws *Y
Dderwen*. Roedd mewn sgwrs â rhywun, ond nid yn rhy
brysur i godi peint i Huws. 'Ydech chi'n nabod Tecwyn?'
gofynnodd i Huws wrth i hwnnw blymio'i wefusau i'r
ewyn ar ben y diod du. Craffodd Huws arno trwy'r ewyn.
Oedd, mi roedd y wyneb yn gyfarwydd, ond doedd
ganddo ddim syniad pwy oedd o.

Aeth y tri i eistedd wrth fwrdd yn y gornel. 'Holi
Tecwyn o'ni am Wil Plethe,' meddai'r Hac wedi iddo
wneud ei hun yn gyfforddus.

'O.'

'Ie, mae Tecwyn yn nabod Wil yn reit dda.'

'O,' meddai Huws eto gan dynnu ei geg o'i beint.

'Ydy, roedd o'n arfer bod yn frici iddo ond . . . '

'Ond, roedd o'n waith rhy galed i mi,' meddai Tecwyn
mewn llais oedd eto'n gyfarwydd i Huws.

'Be ti'n neud rŵan, Tecwyn?' gofynnodd Huws.

'Cadw siop.'

'Siop be?'

'Anabels, ledis ffashyn.'

'Dipyn o newid o osod brics . . . ?'

'Dipyn haws, Sarjant, dipyn haws.'

'Tecwyn yn deud bod Samantha yn uffern am geffyle.'

'Dwi'n gwybod, roedd ganddi boni ers oedd hi'n ddim.'

'Na, dim 'u reidio nhw, Sarjant. Rhoi pres arnyn nhw.'

Cododd clustiau Huws o dan ei het. 'Oedd hi'n rhoi lot o bres arnyn nhw?'

'Mwy na fedra hi fforddio,' atebodd Tecwyn.

'Yn lle oedd hi'n betio? Ym mwcis y dre 'ma?'

'Na, na. Mynd i rasys ceffyla i Gaer ac ati oedd hi. Roedd hi'n yfad gormod o shampen ac wedyn yn rhoi llwyth o bres ar no-hopars.'

'Sut uffar ti'n gwybod hyn?'

'Roedd hi'n arfar dod draw i'r seit weithia i chwara cardia efo'r hogia.'

'Dim strip-jac?'

'Na, na, Sarjant. Brag. A dyna pan ddudodd hi wrthon ni bod hi'n rhoi pres mawr ar geffyla.'

'Wel, mae'n rhaid i mi fynd,' meddai'r Hac oedd eisoes ar ei draed. 'Mae gen i waith i'w wneud at heno. Mi adawa i chi i sgwrsio'n de. Hwyl am rŵan,' a chydiodd yr Hac yn ei beiriant recordio a diflannu allan i'r stryd.

Trodd Huws at Tecwyn a syllodd i'w wyneb. 'Lle dwi 'di dy weld ti o'r blaen?'

'Dim . . . dim syniad,' atebodd hwnnw ond roedd gwrid yn dechrau llenwi ei wyneb.

'Ti'n siŵr?' gofynnodd Huws gan fynd â'i wyneb yn nes ato.

'Ffyc-mi,' meddai dan ei wynt. 'Y ffycin transfestait 'na wyt ti. Tricsi neu rwbath . . . '

Ac ar hynny, cododd Tecwyn a'i hanelu am y drws. 'Uffar o snogiwr da yda chi, Sarjant!'

Yn ffodus doedd fawr neb yn y dafarn ar y pryd, ond doedd Huws ddim eisiau aros yno funud yn hirach gan fod yr ychydig oedd yno'n edrych yn amheus arno.

Tybed oedd bois y fforensig wedi gorffen yn nhŷ Ramona? gofynnodd iddo'i hun tra'n sefyll ar y pafin y tu allan i'r dafarn. Penderfynodd fynd draw. Roedd Harri Hownd a Sbando y tu allan yn gwarchod y lle. 'Sa'm yn well i'r hownd a'i drwyn fynd o gwmpas y tŷ i edrych am gliws?'

'Wedi bod, Sarjant. Dim byd arbennig yna, ond bod yna ogla pres yn y lle. Dillad drud, dillad isa'n arbennig,' meddai Harri a dechreuodd Sbando udo dros y stryd.

"Sa'm well i ti gael gast i hwn 'ta? mae o'n beryg bywyd i ferched.'

'Alla i ddim, Sarjant. Mi fysa hynny'n difetha ei berfformans a'i sens-o-smel o. Na, mae cŵn fel Sbando ar eu gora pan maen nhw'n gocwyllt.'

'Sa'n syniad ei gyflwyno fo i Tricsi rhyw dro, meddai Huws wrth ei hun gan wneud nodyn ymenyddol ar gyfer y dyfodol. Ond yna gwelodd gar cyfarwydd yn dod i'r golwg rownd y gornel. Golff du to-clwt. Hanna, myn uffar i! 'Harri, gafael yn dynn yn dy gi, mae Hanna ar gyrraedd. Dwi'm isio Sbando ar ei chefn hi – fy job i ydy honno.' Brysiodd Huws at y car. 'Be ti'n da yn fan'ma?' gofynnodd wedi i'r ffenest agor.

'Dwi ar fy ffordd i'r _Maramba_ i neud eitem. Mae'r cynhyrchydd isio sôn am or-yfed ar y rhaglen, ac ro'n i'n credu bod fan'no'n gystal lle â dim.'

Nodiodd Huws. 'Ond be ti'n da ffor'ma?'

'Rhyw fusnesu. Edrach be oedd y diweddara. Oes 'na olwg o Ramona byth?' A dechreuodd yr hownd udo unwaith eto.

Trodd Huws at feistr y ci. 'Gafal yn ei fôls o ne rwbath Harri, cheith o'm dod yn agos i Hanna neu mi geith o drynshyn ar ochr ei ben.' Châi neb wneud dim i Sbando, nid hyd yn oed y Sarjant a thawelodd Harri'r ci a'i dywys yn araf i dŷ Ramona. Ond dechreuodd yr udo unwaith eto wedi i'r hownd ddiflannu y tu ôl i'r drws.

'Mae o wedi ffansïo rwbath,' meddai Hanna.

'Ydy, mae'n siŵr. Pâr arall o nicyrs Ramona, ella.'

Cydiodd Huws yn handlen drws y car ac eisteddodd wrth ei hochor. 'Reit, ddo i efo chdi i'r *Maramba*.'

Clwb nos oedd y *Marmaba* ond roedd yna yfed drwy'r dydd yno hefyd. Roedd fan Media Menai eisoes wedi'i pharcio'r tu allan a Derfel Dafydd y cyflwynydd yn cerdded yn ôl ac ymlaen ar y pafin.

'Lle ti 'di bod?' gofynnodd pan ymunodd Hanna ag o. Anwybyddwyd y cwestiwn. 'Popeth yn barod, Derfel? Y clientel yn barod i siarad? Y cwestiynau gen ti?'

Nodiodd Derfel, sythodd ei dei a rhoddodd un olwg arno'i hun yn nrych y fan cyn cerdded i fyny'r grisiau i'r clwb.

'Hmm, lle neis iawn,' meddai. 'Doeddwn i ddim yn gwybod bod yna le o'r safon yma yn y dre.'

'Barod i ddechra recordio, Mr Dafydd,' meddai dyn y camera a chamodd Derfel â meic yn ei law, tuag at y cyntaf i'w holi.

Wnaeth Gwilym Geiria ddim ateb ei gwestiwn. 'Gwilym Smith, Gair Da Pî Ar, y cwmni i roi sglein ar eich busnes chi. Na, dydw i ddim yn credu bod yna or-yfed yn y dre yma,' meddai a fodca mawr yn ei law a'r cloc y tu ôl iddo'n dangos hanner awr wedi pedwar.

Yr un oedd barn pawb a gâi eu holi. Onid oedd yna unrhyw un yn anghytuno? Roedd yna un ar ôl. 'Dwi'n credu bod isio cau'r tai tafarna ma'n ystod y dydd,' meddai a daeth gwên i wyneb Derfel. 'Dwi'n meddwl . . .' ond torrodd y ffôn y tu ôl i'r bar ar ei draws.

'Ateb y blydi thing 'na,' gwaeddodd Derfel ar Brenda y tu ôl i'r bar, a chododd honno'r teclyn.

Ddywedodd Brenda ddim i ddechrau, ond aeth ei hwyneb yr un lliw â photel o Malibw.

'Be sydd Brenda?' gofynnodd Hanna.

'Ma . . . ma D . . . Dic Donci wedi m . . . marw. M . . . mae o'n gorwedd ar lan yr afon . . . '

Neidiodd Huws i gar Hanna a'i sgrialu i gyfeiriad y dŵr. Pan gyrhaeddodd, gwelodd Dic Donci yn gorwedd yn gelain ar lwybr ger yr afon. O'i gwmpas roedd ei wraig a'i haid o blant a gaent eu cadw i ffwrdd oddi wrth y corff gan dâp glas a gwyn yr heddlu a Harri Hownd a'i gi. Plygodd Huws a chodi digon ar y tâp i allu mynd oddi tano. Edrychodd ar y corff a gwelodd archoll ddofn yn ei dalcen a'r gwaed wedi ceulo ar hyd ochr ei ben. Plygodd ato, a gwelodd rywbeth o dan ei gefn. Estynnodd ato; catalog *Littlewoods* oedd yno – a hwnnw wedi'i agor ar dudalen yn llawn nicyrs!

6

Roedd carreg gerllaw – o faint dwrn, ac roedd gwaed arni. Rhoddodd Huws hi'n ofalus mewn bag plastig. Cododd ar ei draed ac edrychodd o'i gwmpas. Doedd dim pwrpas gofyn be oedd Dic yn da yno; onid oedd Dic Donci a'i deulu byth a beunydd yn cerdded llwybrau ger yr afon ar ryw berwyl neu'i gilydd? Fyddai neb wedi ymosod arno am ei bres, oherwydd doedd ganddo ddim fel arfer. Ond be oedd catalog Littlewoods yn da efo fo, a hwnnw'n agored ar dudalen nicyrs?

Clywodd sŵn car yn nesau a dechreuodd Sbando udo unwaith eto. Trodd i gyfeiriad y sŵn – roedd Hanna wedi cyrraedd yn fan Media Menai. Brysiodd ati. 'Dedar! Ac uffar o dwll mawr ar ei dalcen o!'

'Pwy wnath?'

'Pwy uffar ti'n feddwl ydw i? Colymbo? Well i ti fynd yn ôl i'r gwaith neu mi fydd Derfel Dafydd yn chwilio amdanach chdi . . . ac mae Sbando wedi cael dy ogla. Mi fydd o ar dy gefn di os na geua i'r drws yma'n syth.'

Caewyd y drws â chlep a gadawodd y Golff. Trodd Huws at y dynion ambiwlans. 'Iawn, gewch chi fynd ag o o'ma rŵan,' a heidiodd Mrs Donci a'r holl blant ar ôl y stretshar i'r ambiwlans, rhai wedi'u cyffroi o gael trip mewn cerbyd golau glas, beth bynnag oedd yr amgylchiadau.

Roedd hi'n dechrau tywyllu a glaw mân yn dechrau disgyn, felly penderfynodd Huws fynd i gludwch *Y Dderwen* i gysgodi.

'Biti am Richard Davies,' meddai'r Hac oedd yn pwyso ar y bar pan gyrhaeddodd o.

'Dic Donci? Ia'n de, er dwn i'm chwaith. Wnaeth y diawl rioed ddiwrnod o waith, ond mi fydd raid i ni drethdalwyr barhau i gadw'i blant am beth amser eto.'

'Oes 'ne gysylltiad rhwng diflaniad y merched â hyn?'

'Duw a ŵyr, Llew.'

'Ond roedd o wedi bod yn dwyn dillad isa Ramona Parry, medden nhw.'

Nodiodd Huws. Roedd ei beint newydd lanio ar y bar, ac roedd ganddo bethau pwysicach i'w wneud na bwydo gwybodaeth i'r Hac.

''Sgen ti newyddion i mi? Rhyw sibrydion am y merched? Am Wil Plethe? Unrhyw beth?'

'Dim ond bod tad Miss Parry yn dod yma fory. Mae o'n anhapus iawn efo sut mae'r ymchwiliade'n mynd yn eu blaen.'

'Y doctor?'

Nodiodd yr Hac. Dyna'r peth olaf oedd Huws eisiau. Un arall ar ei gefn o, a hwnnw'n Hwntw hefyd. 'Sa'n waeth iddo siarad efo Leclerc y Ffrancwr, hynny fyddai o'n ei ddeall.

Roedd Huws am gael un peint arall cyn noswylio, ond chafodd o'r un oherwydd daeth Mandi caffi *Tamaid* i mewn ar frys. 'Sarjant, Sarjant! Brysiwch! Mae Wil Plethe'n trio lladd Maurice!'

Brysiodd y ddau tuag at y tŷ bwyta. Roedd ffôr-bai-ffôr Wil wedi'i pharcio ger y pafin a drws y bwyty'n agored. Deuai sŵn gweiddi o'r tu mewn, yn amlwg roedd Sam mewn cryn beryg.

Pan gyrhaeddodd Huws a'r Hac, roedd Wil Plethe a'i ddwylo am wddw'r cogydd. 'Y basdad!' gwaeddai. Ond prin fod Sam yn ei glywed, roedd ei wyneb yn wyn fel y galchen ac roedd ar fin llewygu.

Cydiodd Huws yn ysgwydd Wil i geisio'i atal ond roedd o bron ddwywaith ei faint. Cydiodd yr Hac yn y llall. 'Mr Jones,' meddai. 'Rhowch y gore iddi, neu mi fyddwch wedi'i ladd o.' Ond doedd dim gwrando ar Plethe. Doedd dim amdani felly ond estyn y trynshyn.

'Safa'n ôl, Llew,' rhybuddiodd Huws gan ddod â'r trynshyn yn glec ar ben Wil. Ddigwyddodd dim yn syth, dim ond pen y trynsyn yn disgyn i'r llawr wedi iddo gael ei dorri'n ddau. Yna plygodd pengliniau Wil, ac yn raddol syrthiodd i'r llawr.

Daeth lliw yn ôl yn araf i wyneb Sam, yn enwedig wrth i Mandi roi ei breichiau'n dynn amdano. Eisteddodd y cogydd ger un o'r byrddau bach, a chymerodd Huws gadair ac eistedd gyferbyn ag o. 'Oes gan hyn rywbeth i'w wneud â Samantha?' gofynnodd.

Nodiodd y cogydd.

'Wyt ti'n gwybod lle mae hi? Be sydd wedi digwydd iddi?'

Ysgydwodd ei ben.

Symudodd Huws yn nes ato. 'Trio cael gwybodaeth allan ohonat ti am ei ferch oedd Wil Plethe?'

Ysgydwodd Sam ei ben unwaith eto.

'Pam ddiawl ei fod o am dy ladd di ta?'

Cyfeiriodd Sam â'i fys at y fwydlen ar y bwrdd.

'Ddim yn licio dy fwyd di oedd o? Gweld dim bai arno, ond ydy hynny'n reswm i dy dagu di?'

Erbyn hyn roedd Sam Saer yn dechrau dod at o'i hun, a chododd un o'r bwydlenni. 'Mi ddaeth o yma i nôl têc-awê . . . ac . . . ac mi ofynnodd be oedd y peth gorau oedd gen i . . . a nesa oedd o am fy ngwddw i!'

Tro Huws oedd ysgwyd ei ben rŵan.

'Dwi'n meddwl mod i'n gwybod pam fod y dyn wedi atacio Maurice,' meddai Mandi.

'Ia?'

'Wnaeth Maurice ddeud mai'r sbesial oedd Coq de Samantha, sef pryd oedd Maurice wedi'i neud yn sbesial i Samantha unwaith . . . '

'. . . a wnath o gamddallt,' meddai Sam oedd yn edrych yn llawer gwell, 'a meddwl mod i'n deud 'rhoi coc i Samantha'!'

'Y basdad!' meddai Wil unwaith eto gan geisio codi i'w draed, ond roedd waldiad trynshyn Huws wedi ei wanio.

Plygodd yr Hac ato. 'Mr Jones, 'coq' ydy ceiliog yn Ffrangeg, neu hyd yn oed gyw iâr. Doedd Sam ddim yn sôn am roi . . . doedd o ddim yn bod yn ddigywilydd efo'ch merch chi . . . '

'Na, na,' meddai'r Saer. 'Rhyw fath o . . . o tribiwt i Samantha oedd y dish . . . am ei bod hi'n licio byta yma.'

'Byta yma . . . a chditha wedi dangos dy goc iddi ar y seit?' gwaeddodd Wil gan geisio codi.

'Yli, Wil,' meddai Huws. 'Mae hynny yn y gorffennol; dwi'n siŵr fod Llew yn iawn efo'r gair coc, fuodd o'n coleg am flwyddyn neu ddwy nes gafodd o'i daflu allan am lysho gormod, felly mae'n rhaid ei fod o'n iawn. 'Tyd, mi awn ni â chdi adra.'

Gwthiodd Wil Plethe'r tri i'r ochr. 'Mi â i adra'n hun, diolch yn fawr. Mi ga i jips ar y ffordd. Saer yn rhedeg caffi! Siop shafins, myn uffar i!' Ac ar hynny cerddodd yn sigledig i'w gerbyd a'i hanelu am y Ponderosa.

'Diolch, Sarjant. Steddwch eich dau. Neith Mandi estyn potal o win i chi, tra fydda i'n gneud rwbath i ni fyta.'

Erbyn hyn roedd syched ar Huws a'r Hac ac mi dderbynion nhw'r gwahoddiad yn syth. 'Wyt ti am ddod i ista efo ni, del?' gofynnodd Huws wedi i Sam ddiflannu i'r gegin, ac mi estynnodd wydr iddi'i hun, ei lenwi ac eistedd ger Huws.

Yn amlwg, roedd y cogydd yn ceisio plesio; dim rhyw gaws ar dost oedd yn disgwyl Huws a'r Hac ond pryd a gymerai gryn amser i'r baratoi. Roedd, hefyd, yn rhoi ei holl sylw i'r bwyd gan na welodd yr un ohonyn nhw o'n rhoi ei ben o'r gegin i edrych sut oedden nhw. A da oedd hynny. Oherwydd wedi dau wydraid reit helaeth o'r gwin coch, roedd Mandi wedi cymryd at Huws. Roedd hi wrth ei bodd efo plismyn teledu, meddai, ac er i'r Hac ddweud mai plisman drama oedd Huws hefyd, wnaeth hynny ddim gwahaniaeth. Huws oedd ei harwr hi. Rhoddodd ei braich am ei sgwyddau a'i gwefusau ar ei foch a dechreuodd sibrwd geiriau melys yn ei glust. Am unwaith, collodd Huws ddiddordeb yn yr alcohol o'i flaen a chan bod Mandi'n creu cryn embaras ar yr Hac bu iddo ymestyn yn amlach nac oedd yn arfer ganddo tuag at y botel win.

Yn sydyn cododd Huws, gan roi ei het i guddio'i gwd. Pesychodd. 'Llew, dwi . . . dwi'n mynd â Mandi am chydig o awyr iach,' ac ar hynny rhoddodd ei fraich amdani a'i helpu allan drwy'r drws. Ond nid awyr iach oedd ar feddwl y ddau, oherwydd yr eiliad y rhoeson nhw'u traed ar y pafin, estynnodd Mandi oriad drws y fflat a halio Huws i fyny'r grisiau.

'Y Sarjant yn y toilet?' gofynnodd Sam â dau blât trwmlwythog yn stemio yn ei ddwy law.

'Wedi . . . wedi mynd am chydig o awyr iach, wa,' meddai'r Hac gan daflu cipolwg tua'r drws.

'Mandi! Tyrd â photel arall o win coch i'r gests; mae'r

rhai ar y bwrdd i gyd yn wag.'Ond doedd dim Mandi i
'mestyn am ragor o win. 'Lle uffar mae hi wedi mynd
rŵan?'

Cododd Hac ei ysgwyddau cyn codi cyllell a fforc a
phlannu i'r bwyd o'i flaen. 'Ew, neis Sam. Rho'r llall yn ôl
yn y popty'n de wa, fydd . . . fydd y Sarjant ddim yn hir.'

Chwarddai Mandi'r holl ffordd wrth iddi fynd ar ei
phedwar i fyny'r grisiau a Huws yn dilyn gyda'i wyneb
rhyw chwe modfedd o'i thin. Dydy ei nicyrs hi ddim
patsh ar rai Samantha a Ramona, meddai wrtho'i hun.
Ond chyrhaeddodd Mandi ond y ris uchaf cyn gorwedd
ar ei chefn ar y landing. Ceisiodd Huws ei helpu i godi
ond tynnwyd o'n araf i lawr tuag ati. Llaciwyd ei dei ac
agorwyd ei grys drip-drai, ac yna cyrhaeddodd ei
wefusau rai Mandi. Roedd hi'n cydio'n dynn amdano, a
gwnaeth Huws yr un modd iddi hithau. Trodd hi fel ei
bod yn gorwedd arno. Roedd hi rŵan wedi tynnu ei
gwisg gweinyddes a doedd dim ond ei dillad isaf amdani.
Tynnodd Huws hi'n dynn tuag ato. Clywodd ochenaid
ganddi; roedd yn amlwg yn mwynhau'r profiad o gael
dyn canol oed. Cafwyd ochenaid arall, ac yna sŵn yn ei
bol.

'Dwi'n . . . ,' meddai Mandi a cheisiodd dynnu'r llaw
oedd yn dynn o dan Huws, ond methodd. Doedd, felly,
ddim i atal ffrwd o chwd coch rhag rhuthro allan dros
Huws. Doedd dim allai ei wneud. Roedd Mandi yn
gorwedd drosto ac yn gwagio ei stumog ar hyd ei fest a'i
grys. Yna trodd ar ei ochr a llaciwyd gafael Mandi arno,
ac aeth gweddill y chwd ar y leino ar y landing. Cododd
Mandi ar ei thraed a brysio i'r bog. Clywodd Huws ragor
o sŵn tuchan, ond doedd uffar o ods ganddo. Roedd
ganddo rywbeth arall ar ei feddwl – mynd o gaffi Sam
Saer cyn gynted â phosib cyn i hwnnw weld y llanast

oedd arno. Brysiodd i lawr y grisiau, a heb hyd yn oed daro golwg i'r tŷ bwyta i weld yr Hac yn sglaffio danteithion y Saer, cododd ei law ar dacsi a diflannodd i'r tywyllwch.

* * *

Doedd Huws ddim wedi gweld Hanna ers rhai dyddiau a doedd o ddim eisiau wynebu'r Hac am beth amser wedi'r bennod yn y bwyty. Eto, roedd o'n colli'r wybodaeth o roddai'r Hac iddo bob hyn a hyn. Doedd dim amdani felly ond rhoi galwad i Hanna. Digon surbwch oedd hi ar y ffôn. Oedd hi, tybed, wedi clywed am ei hanes efo Mandi? Cynigiodd fynd â hi am bryd o fwyd, ond nid i *Tamaid*. Doedd hynny'n tycio chwaith. 'Ffansi peint ta? Ar ôl gwaith?'

'Iawn, wela i di ar ôl chwech, ond nid yn *Y Dderwen*. Dwi wedi cael digon ar fan'no.' A doedd Huws chwaith fawr o awydd galw yno rhag ofn bod yr Hac yn disgwyl amdano.

'Y *Maramba*?' awgrymodd

Cytunodd Hanna i'w weld yn *Y Goron* a hynny am chwech ac yna rhoddodd y ffôn i lawr. Doedd fawr o hwyl arni pan gyrhaeddodd hi. Fflagia, mae'n siŵr meddai Huws wrth ei hun. Doedd ganddi fawr o glecs chwaith, a diolch i'r nefoedd wnaeth hi ddim sôn am Mandi. Penderfynodd Huws y dylai brynu peint i'r Hac y tro nesa y gwelai o am gadw ei geg ar gau. Un diod gafodd Hanna, cyn dweud bod ganddi rhyw gur pen a'i bod am fynd adref. Cynigiodd Huws ddod efo hi â photel o win gydag o. Ond na, roedd hi eisiau llonydd meddai, ac felly, ffarweliodd Huws â hi a safodd ar y pafin i geisio penderfynu beth i'w wneud nesaf. Doedd dim amdani ond mynd adref a chael noson gynnar.

Am unwaith, deffrodd fel y gog a chyrraedd y gwaith yn edrych ymlaen at y diwrnod – nes iddo gyrraedd y swyddfa. Roedd nodyn gan yr Arolygydd yn ei ddisgwyl; roedd hi eisiau'r adroddiad diweddaraf, ond doedd ganddo ddim i'w ychwanegu ers y cyfarfod diwethaf. Ddylai o sôn am farwolaeth Dic Donci? Oni fyddai hynny'n ei dychryn gan wneud iddi amau mai dyna oedd tynged ei chyfeillion? Doedd dim amdani ond dweud nad oedd o ddim nes i'r lan.

Aeth draw i'w gweld yn syth. Cerddodd y coridor hir, moel ac roedd ar fin troi'r gornel fyddai'n ei arwain at ddrws yr Arolygydd, pan osodwyd blaen gwn dan ei drwyn.

'Be . . . be . . . ff . . . ?'

'Paswyrd?' mynnodd llais o du ôl i fwgwd plastig du.

'Haleliwia?' gwaeddodd Huws a gwthio'r gwn o'r neilltu cyn cydio'n y mwgwd a'i rwygo oddi ar wyneb ei berchennog. 'Owens, myn uffar i! Be ddiawl ti'n drio neud?'

'G . . . gardio'r Inspector, Sarjant, fel n . . . naethon nhw ddangos i mi yn Brijend . . . '

Wyddai Huws ddim beth i'w ddweud. Ysgydwodd ei ben mewn digalondid. 'Be ma'r Inspector yn feddwl o hyn i gyd?'

'Mae . . . mae hi'n teimlo'n dipyn saffach, medda hi. Yn enwedig yn ystod y nos.'

'Be ti'n mynd adra efo hi?

Nodiodd Owens gan lyncu ei boer.

'Ti'n cysgu efo hi?'

'Dim efo hi'n de, Sarjant. Dim yn y gwely efo hi . . . ond mewn cadar y tu allan i ddrws ei stafell hi . . . '

Roedd Huws ar fin gofyn iddo a fuasai'n hoffi iddo gymryd drosodd un noson iddo gael noson o gwsg yn ei wely ei hun, ond agorodd drws swyddfa'r Arolygydd. 'Huws, dewch i mewn.'

Gwthiodd yr Arolygydd ddarn o bapur ar draws y ddesg i'w gyfeiriad. Llythyr oedd o, un crand hefyd, efo llythrennau aur, ffansi ar y top. Cydiodd Huws ynddo. Yn Saesneg oedd o, ac oddi wrth Major a Musus Harvey. Cwyno oedden nhw, nid yn unig nad oedd yna ddim cynnydd yn yr ymchwiliadau, ond nad oedd yr heddwas oedd â gofal o'r achos ddim hyd yn oed wedi cysylltu â nhw. Gorffennai'r llythyr gyda bygythiad mai cysylltu â'r Ysgrifennydd Cartref fyddai'r cam nesaf.

'Wel?' meddai'r Arolygydd wedi i Huws wthio'r llythyr yn ôl iddi.

'Wel ia,' atebodd Huws gan wthio'i het yn ôl ar ei gorun. ''Sa'n well i mi alw i'w gweld nhw. Doeddwn i ddim isio'u distyrbio nhw cyn hyn gan eu bod nhw mewn dipyn o oed ac yn amlwg yn poeni am Samantha. Ond yn ôl tôn y llythyr . . . mae'n edrych yn debyg y bysan nhw'n falch o 'ngweld i. Felly mi â i draw yno rŵan.' A chyn i'r Arolygydd gael holi rhagor, cododd Huws o'r gadair ac aeth allan drwy'r drws.

'Bryn Terfel!' meddai Owens wrth iddo fynd heibio iddo.

'Be, fo sydd tu ôl i hyn i gyd?'

'Na, dyna ydy'r paswyrd. 'Chos ma'r Inspector a finna'n meddwl fod Bryn Terfel yn grêt . . . '

Doedd dim amdani ond mentro i weld y Major. Roedd y ddau yn byw mewn plasty a godwyd ar safle a fu unwaith yn leoliad i lys un o fân dywysogion yr ardal. Honnai'r Major iddo ddod o linach rhai o foneddigion Lloegr, ac mae'n siŵr y rhoddai'r ffaith ei fod rŵan wedi meddiannu safle, a fu unwaith o bwys i'r Cymry, gryn foddhad iddo. Ychydig iawn a wnâi â'r bobol leol, ar wahân i rai oedd wedi mentro yno o dros y ffin, ac roedd hi'n gryn sioc iddo ddeall fod ei ferch Madelaine hyd yn oed yn siarad efo rapsgaliwn fel Wil Plethe heb sôn am syrthio mewn cariad ag o. Ond doedd ond un peth oedd yn waeth ganddo nag i'w ferch briodi Cymro a hynny oedd iddi gael plentyn y tu allan i briodas.

Ysgwn i sut dderbyniad gâ i? meddyliai Huws wrth deithio tuag at Mafeking House, enw a roddai gryn ddifyrrwch i'r Cymry ond a greai gryn syndod i Saeson pan gaent eu cyfarch gyda 'Welcome to Mafeking House'. Doedd o erioed wedi torri gair efo'r Major, a'r unig adegau prin yr oedd wedi'i weld oedd pan oedd hwnnw'n mynd heibio yn ei hen Rover. Gyrrwr gwael ar y diawl oedd y Major, ond doedd wiw i'r un plisman ddod ag achos yn ei erbyn; byddai'n ddiwedd ar ei yrfa.

Doedd Huws yn edrych ymlaen ddim i gyfarfod y Major. Gobeithiai ei fod yn dal yn ei wely neu wedi mynd i'r dref i nôl ei bensiwn rhyfel. Aeth o ddim â'i gar at y drws, ond ei adael y tu allan i'r giatiau haearn, mawrion. Cerddodd i fyny'r lôn fechan rhwng y coed a safodd ger y drws solet a dwrn mawr pres ar ei ganol. Ar y dde, roedd cloch fel cloch eglwys ond ei bod yn llai. Tynnodd y rhaffyn. Chafwyd dim smic yn y tŷ. Tynnodd eto. Ac eto. Yna clywodd sŵn ffenest yn agor i'r chwith iddo. Edrychodd a gwelodd ben wedi moeli gyda mwstash main dan y trwyn yn dod i'r golwg. 'What the bloody hell do you want?' gwaeddodd drwy dafod dew. Camodd Huws tuag ato, ond cyn iddo allu egluro, gwaeddodd y Major unwaith eto, 'Bugger orff . . . '

Doedd Huws ddim wedi arfer cael ei drin fel hyn, ac felly tynnodd ei gerdyn allan, ei ddal tuag ato ac yngan y gair a greuai ofn ymysg trigolion y dref, 'Polîs!' Mi grëodd y gair ymateb, ond nid yr un ddisgwyliai Huws. Daeth potel wisgi wag i'w gyfeiriad ac yna caeodd y ffenest yn glep. Tarodd y botel o'n ei ysgwydd cyn disgyn i'r llawr. Plygodd i'w harchwilio; wisgi gorau'r Alban. 'Y basdad lwcus!' meddai dan ei wynt, a throdd am y car a'i hanelu'n ôl am y dref.

Roedd angen peint arno, neu rhyw fath o ddiod o leiaf. Onid oedd cael potel wisgi wedi ei thaflu ato'n brofiad trawmatig? A honno'n un wag! Stopiodd y car y tu allan i'r *Maramba*. Deuai sŵn rhialtwch drwy ei ffenestri agored. Edrychodd Huws ar ei watsh, doedd hi ond hanner awr wedi tri. Cerddodd i fyny'r grisiau a thrwy'r drws pren tywyll. Roedd y lle'n orlawn. 'Su mai Gwil?' meddai wrth weld perchennog Gair Da a jin mawr yn ei law. Ddywedodd hwnnw fawr yn ôl wrtho; dim eisiau cael ei holi rhagor mae'n siŵr. Aeth Huws at Brenda yn y bar. 'Tyrd â wisgi mawr i mi. Maen nhw wedi dechra'n gynnar heddiw,' meddai.

'Cnebrwn Dic Donci bore 'ma; mae pawb wedi dod yn ôl i fan'ma wedyn. Helpa dy hyn i'r sandwijis ham. Mae 'na ddigon yna. Dyna'r peth lleia allen ni wneud i Dic; doedd o fwy neu lai yn byw yma. Ei fusus o sy'n y gornel 'cw,' meddai gan gyfeirio at bladres o ddynes yn un o'r corneli efo platiad anferth o frechdanau o'i blaen a rhesiad hir a wydrau, rhai'n llawn, eraill yn wag, ar y bwrdd o'i blaen. Doedd Huws fawr o eisiau siarad efo hi. Yn wir, dyma'r tro cyntaf erioed iddo'i gweld yma ac roedd hynny'n wir hefyd am fynychwyr y *Maramba*. Mynd i'r clwb ar ben ei hun wnai Dic Donci, a phob man arall, ac mae'n bur debyg i Musus Donci fod unai'n feichiog neu'n magu ers iddi basio'i phymtheg oed.

Symudodd Huws yn araf at y brechdanau gan nodio ar hwn a'r llall. Roedd newydd fachu brechdan pan deimlodd law drom ar ei ysgwydd. Trodd a gwelodd Wil

Plethe y tu ôl iddo. 'Wil, sumai?' gofynnodd.

'Gweddol, dan yr amgylchiada. Ond ro'n i'n meddwl y dylwn i ddangos fy ngwynab yng nghynebrwn Dic Donci ac ynta wedi gwario cymaint yn y clwb 'ma dros y blynyddoedd.'

'Dim newydd, Wil?'

'Na, dim . . . Tyd, ti 'di cyfarfod Mrs Davies, ei wraig o?'

Chafodd Huws ddim cyfle i ateb, oherwydd roedd Wil Plethe wedi cydio'n ei fraich a'i dywys at y weddw. 'Mrs Davies, dyma Sarjant Dic Huws, fo sy'n . . . '

Ond chafodd Wil Plethe ddim gorffen ei frawddeg. Efallai bod Mrs Davies yn ddynes ugain stôn, ond pan wedi gwylltio roedd hi'n sionc fel ewig. Llamodd o'i sedd gyda'r brechdanau ham yn tasgu i bob cyfeiriad ac am wddw Huws. 'Dy fai di ydy hyn i gyd!' oedd y geiriau olaf iddo glywed, gan fod Mrs Davies wedi rhoi'r hed-byt galetaf deimlodd o erioed iddo ac aeth popeth yn dywyll fel pe bai switsh wedi diffodd yn ei ben.

7

Pan ddaeth Huws ato'i hun roedd yn gorwedd ar fronnau Brenda. 'Ti'n iawn, Dic?' gofynnodd iddo, ond cymerodd arno nad oedd yn ei chlywed. Gwthiwyd sawl brandi i'w geg, a meddyliodd Huws wrth o'i hun ai lle fel yma fyddai'n y nefoedd? Ond pharodd hyn ddim yn hir; roedd Brenda wedi sylwi bod yna gynnwrf ym malog Huws.

'Reit ti'n well rŵan,' meddai gan ei wthio i ffwrdd, 'a chadwch y botal frandi 'na, hogia.'

Yn araf, cododd Huws i'w draed. Na, doedd o ddim yn teimlo gant y cant, ond pwy fyddai ac yntau wedi cael hed-byt gan wraig y Donci. 'Ti'n iawn, Dic?' gofynnodd Wil Plethe, a golwg bryderus ar ei wyneb. Nodiodd Huws. Yn amlwg, roedd Plethe'n poeni am drwydded ei glwb. 'Cheith hi ddim dod yma eto – byth. Does yna byth draffarth yn y *Maramba* fel arfar.' Nodiodd Huws eto, ond y tro yma tra'n taro cipolwg ar y botel frandi. Cythrodd Plethe ynddi, estynnodd ddau wydr a thywysodd Huws i fwrdd yn un o'r corneli. Tywalltodd ddau ddogn helaeth. 'Dyna chdi, Dic. Gobeithio nad wyt ti ddim gwaeth. Nei di ddim . . . ddim sôn am hyn yn ôl yn . . . y polîs steshon?'

'Na,' meddai Huws cyn taflu'r gwirod i lawr ei wddw a chydio'n ei wydr gwag ar y bwrdd.

'Diolch,' meddai Plethe, gan ail lenwi'r gwydr. 'Mae gen i ddigon ar fy mhlât y dyddia yma heb hyn,' meddai gan daflu ei ben i gyfeiriad y bar.

'Deud i mi, Wil. Oes gan dy dad-yng-nghyfrath broblem lysh?'

Nodiodd Plethe. 'Oes – a'i fusus hefyd. Mi ddechreuodd yn y rhyfal – shel-shoc, wedyn aeth y ddau ati pan 'nes i roi . . . roi clec i'w merch nhw a . . . rŵan – hyn. Samantha bach ar goll.'

''Sgen ti ryw syniad be sydd wedi digwydd iddi, Wil?' gofynnodd Huws gan edrych i fyw ei lygaid. 'Oes yna rywbeth ti ddim . . . ti wedi anghofio'i ddeud wrtha i. Rhywun mae hi wedi'i groesi, rhywun all fod â rhywbeth yn ei herbyn hi?'

Ysgydwodd Wil Plethe ei ben tra'n estyn am y botel frandi. 'Dim, Dic. Mae hyn yn ddirgelwch llwyr i mi . . . a bod Ramona wedi diflannu hefyd . . . heb sôn am ladd Dic Donci.'

'Ond 'dan ni ddim yn sicir mai cael ei ladd wnaeth Dic. Maen nhw'n dal i wneud arbrofion arno.'

'O?' meddai cyn i ragor o frandi lifo lawr ei lwnc.

Teimlai Huws yn well ar ôl yr holl ddiod ond rŵan roedd y botel yn wag a phenderfynodd droi am adref. Penderfynodd y buasai noson dda o gwsg yn gwneud byd o les iddo a cherddodd allan i'r awyr iach. Roedd hi'n noson braf a'r lleuad bron yn llawn i'w gweld yn glir uwch y mynddoedd. Noson iawn am wêr-wylffs, meddyliodd, wedi iddo weld sawl ffilm arswyd yn hwyr y nos. Ac yn sydyn, dyma sŵn udo, a hwnnw'n mynd yn uwch ac yn uwch nes peri i gryndod redeg i lawr ei gefn. Beth ddylai wneud? Mynd i weld ai blaidd ynteu bwldog oedd yn gwneud yr holl sŵn, ynteu mynd adref ar ei ben? Ond chafodd o ddim amser i ddod i benderfyniad, oherwydd cafwyd clec ar ôl clec . . . a'r rheiny'n dod o gyfeiriad y siop jips.

Lladrad arfog! Ond doedd hi ddim y noson orau i wagio til y siop jips. Doedd yna fawr o fusnes yno ar nos Fawrth. Brasgamodd i lawr y stryd gan wneud pwl o redeg bob hyn a hyn nes colli ei wynt. Roedd yr udo wedi peidio am rywfaint wedi'r ergydion ond roedd wedi ail ddechrau erbyn hyn.

Cefn plisman arfog welodd Huws gyntaf a hwnnw'n dal ei wn MP5 fel y gwelodd dimau SWAT America'r teledu'n ei wneud. O'i flaen roedd ci a'i safn yn agored yn pwyntio at y lleuad. Gorweddai plisman arall yn gelain ar y llawr. Doedd dim fel hyn wedi digwydd ar batsh Huws erioed o'r blaen. 'Be ddigwyddodd?' gofynnodd yn bryderus a throdd y plisman arfog i'w gyfeiriad.

'O Sarjant, d . . . dwi'n falch bo chi wedi cyrraedd. Mae . . . '

'Ydy o'n farw?' gofynnodd i Owens.

'Dwi'm yn siŵr . . . '

'Cad y blydi gwn 'na oddi wrtha i, a deud yn union be ddigwyddodd. Pwy saethodd Harri Hownd? Faint yn union oedd yna? Gawson nhw bres o'r til?'

'N . . . na . . . Does dim wedi'i ddwyn. Wnaeth yr Inspector ofyn i fi . . . fynd i'r dre i nôl rhywbeth i'w fwyta iddi. Do'n i ddim yn siŵr be i'w gael, ond nes i feddwl y bysa chydig o jips yn gneud lles iddi gan ei bod wedi mynd i edrach yn dena'n ddiweddar . . . '

'A dyma'r basdad gwirion yn saethu ata i,' meddai Harri Hownd wrth geisio codi o'r pafin.

Gwthiodd Huws ei het i du ôl i'w gorun a dechrau crafu'i ben. 'Pam?' gofynnodd i Owens.

Harri atebodd. 'Ron i a Sbando'n cerdded y strydoedd yn chwilio am ddrwgweithredwyr, fel byddan ni bob nos.

74

Ac yn sydyn dyma Sbando yn dechra udo dros bob man . . . '

'O'n i . . . o'n i'n meddwl i fod o'n mynd i 'mosod arna i . . . a felly nes i s . . . saethu ato . . . i'w ddychryn . . . '

'Ond fy nychryn i nes di'r cedor gwirion! 'Doedd Sbando wedi clywad ogla sent yr Inspector arnach chdi a chditha wedi bod mor glòs ati drwy'r dydd . . . ac mi aeth o'n gocwyllt unwaith eto. Sarjant, mae'n rhaid i ti neud rwbath efo hwn,' meddai gan gyfeirio at Owens. 'Dydy o ddim ffit i gael gwn tatws heb sôn am wn go-iawn.'

Cytunodd Huws a cheisiodd gipio'r gwn oddi ar Owens. 'Na, chewch chi ddim, Sarjant. Dwi wedi bod ar gwrs ac wedi seinio darn o bapur am hwn.' Ond doedd y cwrs ddim wedi sôn am sut i ddelio â sarjant blin. Cydiodd Huws yng ngarddwrn ei law tanio a'i gwasgu gan wthio ei ewinedd i'r gewyn. Gollyngodd Owens ei afael ar y gwn gyda gwaedd. 'Oce, oce, Sarjant, oce . . . '

Ond roedd Sbando'n dal i udo a doedd o ddim am roi'r gorau iddi nes y byddai Owens ac ogla'r Arolygydd o'r golwg. Cydiodd Huws yn sgrepan y plisman ifanc arfog a'i gerdded tuag at ei gar. 'Reit, rho'r gwn 'na ar y sêt ôl a dreifia fi adra.'

'Ond . . . ond dwi'm 'di cael bwyd i'r Inspector . . . '

'Yli, fysa hi ddim balchach o dy jips di, mae 'na ddail tafol yn y gwair y tu allan i Hej-Ciw, dyro'r rheiny iddi. Rhyw ddeiliach a ballu ma hi'n licio.'

* * *

Roedd pen Huws yn dal i frifo fore drannoeth. Mae'n rhaid bod gan Musus Donci uffar o ben calad. Meddyliodd am gymryd diwrnod i ffwrdd o'i waith, ond byddai raid iddo egluro pam ac efallai rhoi marc du'n erbyn trwydded yfed y *Maramba*. Fyddai hynny ddim yn plesio Wil Plethe. Felly cymrodd ddwy aspirin a phaned o goffi du a chychwynnodd am y swyddfa. Ond aeth o ddim pellach na rhyw ganllath gan fod yna resaid o blant ar draws y ffordd yn ei atal. Daeth yr hynaf at y ffenest.

'Ydach chi'n meddwl bod y ddynas 'na wedi talu i hitman ladd Dad am ei fod o wedi dwyn ei nicyrs hi?' gofynnodd.

Yn ffodus, roedd yr aspirin yn dechrau gwneud ei waith a buan y sylweddolodd Huws mai sôn am Dic Donci oedd y llanc. Roedd hyn cystal amser â dim i holi'r hogiau. Parciodd ei gar yn daclus a rhoddodd yr haid yn un rhesaid daclus i eistedd ar wal isel a dechreuodd eu holi.

'Oedd Di . . . eich tad yn mynd i lawr at yr afon yn amal?'

'Bob dydd,' medden nhw fel côr adrodd.

'Oedd o'n mynd â chatalog *Littlewoods* efo fo bob amsar?'

'Dwn i'm . . . '

'Oedd o'n mynd â fo bob tro roedd o'n mynd am gachiad,' ychwanegodd un canolig ei faint.

'. . . ac ella dyna oedd o'n neud ar lan yr afon,' meddai un arall.

'Oedd o'n darllan catalogs am fod yna lot o lunia ynddyn nhw, doedd Dad ddim yn gallu darllan fatha ni,' meddai un o'r rhai fengaf.

Doedd o ddim yn gallu darllan pacedi Diwrecs yn sicr, meddai Huws wrtho'i hun wrth redeg ei lygaid ar hyd y rhes.

'Oeddach chi'n nabod y ddynas 'na oedd bia'r nicyrs?'

'Oeddan ni'n gwbod pwy oedd hi.'

'Cymraeg posh gynno hi . . . '

'Cymraeg sowth.'

'Oedd gynno hi ddigon o bres. Oedd gynno hi Renault Clio GTI newydd sbon y tu allan i'r tŷ . . . '

'A dyna pam oeddan ni'n meddwl ei bod hi wedi cael hit-man at Dad.'

Wyddai Huws ddim beth i'w ddweud. Doedd dim rhaid cael llofrudd proffesiynol i ladd Dic Donci. Rhyw rimyn main, gwantan oedd o, ac yn hanner meddw drwy'r amser. Mi fuasai unrhyw un yn y dref yma wedi gallu rhoi'r farwol iddo. Ond mae'n siŵr bod yna fwy o ramant mewn cael hit-man i ladd eich tad yn hytrach na rhyw nytar lleol, ac felly mi adawodd Huws i'r hogiau gredu hynny.

'Mae Sgotland Iard ar y cês, hogia, ac Interpol. Mi roi wybod i chi os gâi unrhyw wybodaeth,' ac ar hynny gadawodd Huws yr haid yn edrych ar ei gilydd â rhyw fath o falchder gwyrdroedig ar eu hwynebau.

Ond doedd yna ddim mynd i'r swyddfa y bore hwnnw. Doedd Huws ond wedi mynd rhyw hanner milltir arall pan welodd ben cyfarwydd ar ochr y stryd. Llew'r Hac. Tynnodd y car i'r ochr ac aeth allan. Soniodd yr Hac ddim am Mandi; roedd ganddo rywbeth llawer pwysicach i'w ddweud.

'Wyddest ti bod yr hen Fejor mewn trafferthion?'

'Harvey, tad-yng-nghyfraith Wil Plethe?'

Nodiodd yr Hac.

'Ydw, mae o a'i fusus yn chwil gachu byth a beunydd.'

'Gwaeth na hynny – mae o mewn dyledion dros ei ben a'i glustie . . . ac mae 'ne bethe amheus iawn wedi bod o gwmpas y lle . . . yn chwilio am eu pres.'

'Sut ti'n gwybod hyn?'

'Dyne di 'ngwaith i'n de, wa.'

Roedd hi'n rhy gynnar i gael peint, felly aeth y ddau i chwilio am gaffi i gael sgwrs. Roedd Caffi'r Gornel, oedd yng nghanol rhes ar y stryd fawr, yn lled lawn. Eisteddodd Huws wrth fwrdd wrth y ffenest tra'r aeth yr Hac at y cownter i nôl dau fygaid o de.

'Clywed o'n i'n de wa,' meddai wedi iddo ddychwelyd efo'r te, 'bod yna ddau ddyn wedi galw yn Mafeking House ac wedi bygwth yr hen Fejor.'

'Pryd oedd hyn?'

'Mae'n debyg fod hyn wedi digwydd dipyn go lew yn ôl.'

'Cyn i Samantha fynd ar goll?'

'Ie, 'swn i'n feddwl.'

'Be oedd y dynion 'ma isio?'

'Wel, o be dwi'n ddallt, yn de wa, mae'r hen Fejor mewn dipyn go lew o ddyledion. Mae gwerth ei siârs o wedi gostwng yn ddiawledig ac mae hynny o ddifidend mae o'n gael yn mynd ar ddiod, yn de.'

'Ac mae o wedi benthyg pres gan y ddau yma?'

'Dyne dwi 'di glywed yn de wa.'

''Sgin ti syniad pwy oedden nhw?'

'Rhyw bethe o dde Cymru, medden nhw, o gwmpas Ffostrasol ne.'

'Sut uffar ti'n gwybod hyn?'

'Mae'n debyg bod y ddau wedi bod yn dilyn Edward Haij ar un amser.'

Dyn Tony ac Aloma oedd Huws a doedd yr Hac yn gwneud fawr o synnwyr.

'Felly'r Edward Haij 'ma sydd wedi rhoi pres i Major Harvey?'

Cymerodd yr Hac bum munud i roi chydig o gefndir canu roc Cymraeg i Huws, ac yn raddol dechreuodd y darnau syrthio i'w lle.

'Rhaid i ni fynd i'r Ffostrasol 'ma, Llew.'

'Syniad da,' atebodd.

Mae'n siŵr bod Hanna wedi clywed am yr Edward Haij 'ma ac efallai y byddai hi'n ffansi trip i Ffostrasol, meddyliai. Cododd y ffôn wedi iddo gyrraedd y swyddfa. 'Wyt ti di clywed am Edward Haij?'

'Do.'

'Petha go lew?'

'Da iawn. Ro'n i'n ffan mawr ar un amser – yn eu dilyn nhw i bobman.'

'Ti 'di clywed am Fois Ffostrasol?'

'Do, ac oeddwn i'n nabod rhai ohonyn nhw.'

'Ti awydd dod i Ffostrasol am dro?'

'Ym . . . braidd yn brysur dwi ar hyn o bryd. Lot ar fy mhlât.'

'Awn ni ddydd Sadwrn. Ti'm yn gweithio dydd Sadwrn?'

'Mae gen i lawer o bethau eraill i'w gwneud. Rhywbryd eto.'

Doedd dim a gynigiai Huws yn tycio. Yn amlwg, doedd Hanna ddim eisiau mynd i Ffostrasol.

Oedd hi werth ceisio cael gair arall â Major Harvey cyn mentro i Ffostrasol? Penderfynodd Huws efallai y gallai Wil Plethe ei helpu? Galwodd i weld John y Fforman. Doedd dim golwg o'r bòs a chydiodd y Fforman yn y ffôn a galw sawl rhif, ac o'r diwedd cafwyd gafael arno ar ei ffôn symudol. 'Mae Sarjant Huws isio gair ef chi, mistar.' Trodd at Huws. 'Mi fydd o yn y clwb 'na sydd ganddo ymhen deng munud, medda fo.' Diolchodd Huws, dychwelodd i'w gar ac aeth am y *Maramba*. Roedd y ffôr-bai-ffôr yno o'i flaen a drws y clwb yn gil agored.

Gwthiodd Huws y drws ac aeth i fyny'r grisiau. Roedd Wil Plethe yn gwthio gwydr i'r optig. 'Neith wisgi i chdi?'

'Iawn. Oeddat ti'n gwybod bod dy dad-yng-nghyfraith mewn dyfroedd ariannol dyfnion?'

'O'n i wedi gesio. Mae golwg y diawl ar y tŷ, mae'r lle'n disgyn yn ddarna ac maen nhw wedi gwerthu bob dim o werth.'

'Oeddat ti'n gwybod bod 'na ddau foi o'r sowth wedi bod yno'n chwilio am bres ganddo?'

Cododd Plethe ei ysgwyddau. 'Chawson nhw ddim sentan mae'n siŵr.'

'Oeddat ti'n gwybod eu bod nhw wedi bygwth y Mejor?'

'Gweld dim bai arnyn nhw os oedd ar y basdad bres iddyn nhw. Does gen i fawr i'w ddweud wrtho nac ynta wrtha inna. Gorau po gynta iddyn nhw fynd o Mafeking House i mi gael troi'r lle'n fflatia – os bydd yna rwbath ar ôl erbyn hynny, 'n de.'

'Ond mi roedd gan Samantha feddwl mawr o'i thaid a nain?'

'Ella wir.'

'Ti'm yn meddwl y gallai fod ei ddyledion o rywbeth i'w wneud efo diflaniad Samantha?'

''Nes i'm meddwl am hynny . . . ,' meddai Wil gan godi i ail lenwi'r gwydrau. 'Ti'n meddwl bod yna gysylltiad? Ei bod hi'n hostej nes talith y cont ei ddyledion?'

'Dwn i'm, ella. Elli di drio ffendio allan pwy'n union ydy'r ddau yma? Ches i'm sens o gwbwl y tro dwytha es i yno.'

'Mi dria i – er ella sa'n well gyrru y wraig 'cw i gael gair ag o. Mi ro i wybod i chdi os geith hi rwba . . .'

Ond orffennodd Wil mo'i frawddeg gan iddo glywed sŵn yng nghefn yr adeilad.

'Mae rhywun wedi bod yn gwrando arnon ni, Wil,' meddai Huws gan ei ddilyn drwy'r drws i'r stafell lle cedwid y diod.

Rhoddodd Wil y golau ymlaen. 'Pwy ffwc sy'na?' gwaeddodd, ond atebodd neb. Cydiodd mewn potel wrth ei gwddw a cherddodd yn araf i mewn i'r stafell gan graffu rhwng y crêts a'r casgenni. 'Tyd i'r golwg . . . ' meddai eto, ond ar hynny daeth potel drwy'r awyr a tharo'r bylb gan daflu'r stafell lysh i dywyllwch du. Yna clywyd sŵn ffenest yn agor. 'Mae'r diawl yn dengid . . . ,' gwaeddodd Wil, ond cyn gael ei dortsh o boced ei got cafwyd gwaedd a sŵn rhywun neu rywbeth yn disgyn yn galed ar y ddaear y tu allan.

Brysiodd Huws at y ffenest. 'Mae o'n fflatnar yn y cefn. Tyd, brysia, cyn iddo ddod ato'i hun.' Doedd yr un ohonyn nhw'r mwyaf ysgafndroed yn y dref, ond buasai'r ddau wedi cael ymuno â thîm Olympaidd Prydain Fawr pe byddai'r rheolwr wedi eu gweld yn rhuthro i lawr y grisiau. Brysiodd y ddau i'r cefn. Roedd y dihiryn yn gorwedd â'i wyneb yn y pridd. Cydiodd Huws yn ei ysgwydd a'i droi tuag ato.

'Sam Saer, y basdad!' gwaeddodd Plethe gan roi cic heger i'w gyn weithiwr yn ei 'sennau.

8

Estynnodd Wil at fwced oedd yn llawn dŵr glaw a'i daflu dros Sam. 'B . . . b . . . be uffar . . . ?'

'Ia, be uffar oeddat ti'n neud yn gwrando ar be oeddan ni'n ddeud?' harthiodd Wil gan roi cic arall iddo.

Cydiodd Huws yn sgrepan Sam a'i lusgo fel bod ei gefn yn pwyso ar y wal ac yna plygodd fel bod ei wyneb gyferbyn ag un y 'lleidr'. 'Reit, deud y cwbwl neu mi fydda i'n troi 'nghefn a gadael i Wil Plethe dy sortio di allan. Be wyt ti'n wybod am Samantha a'i thaid?'

'Samantha a'i thaid? Welis i rioed mo'i thaid hi, a dwi di deud fy hanas efo Samantha. Dangos fy nghoc a hi'n dod acw i gael bwyd a . . . '

'Ond be oeddat ti'n da yn gwrando arnon ni yn y clwb?'

'Doeddwn i ddim yn gwrando arnoch chi . . . mynd yno . . . i . . . ddwyn lysh o'n i . . . '

Camodd Plethe tuag ato a rhoi cic arall iddo. 'Dwyn lysh! Dwyn fy niod i, y basdad bach!'

Neidiodd Sam ar ei draed a chuddio y tu ôl i Huws. 'Ma' petha'n fain acw, dim llawar o gwsmeriaid . . . ac mae pres yn brin . . . a wnan nhw ddim dod â gwin acw am nad ydw i wedi talu'r bil . . . go-iawn rŵan . . . !'

Roedd wyneb Plethe'n biws ac roedd ei ddwy law fel rhai cimwch yn rhuthro am wddw'r cogydd. Camodd

Huws rhwng y ddau. 'Ella bod o'n deud y gwir, Wil. Gad iddo i mi. Mi jarjia i o am brecing-an-entri. 'Dio'm di dwyn dim . . . '

'Naddo, ond mi fysa'r basdad wedi os na fysan ni wedi'i ddistyrbio fo . . .'

Trodd Huws y saer ar ei sawdl a'i wthio i flaen yr adeilad ac yna i'w gar cyn i Wil gael ei ddwylo arno. 'Diolch, Sarjant. Diolch am f'achub i. 'Na i gyfadda i bob dim – ond cidnapio Samantha.'

Ond roedd gan Huws fwy ar ei feddwl na chyhuddo mân droseddwyr y dre. Arhosodd y car y tu allan i'r bwyty. 'Allan. Gei di get-awê y tro yma, ond fydd yna ddim lol y tro nesa. Jêl fydd hi, dros dy ben.'

'Diolch, Sarjant, diolch.'

'Mi ddo i draw acw am damaid rywbryd, gei di dalu'n ôl i mi radag honno.'

'Mi alla i wneud yn well na hynny, Sarjant. Dwi'n gwybod pwy oedd y ddau ddyn 'na oeddach chi a Wil Plethe'n sôn amdanyn nhw – y ddau o'r sowth. Fuon nhw yma am bryd o fwyd un noson ac mi adawon nhw'u cerdyn busnas ar ôl.'

Diffoddodd Huws yr injan, a dilynodd Sam i'r bwyty. Roedd Mandi yno, ond canolbwyntiodd Huws ar y wybodaeth oedd gan Sam iddo. 'Dyma fo, Sarjant,' meddai wedi iddo dyrchu i ddrôr y tu ôl i'r bar bach. Mae'n rhaid bod hwn wedi disgyn o boced un ohonyn nhw. Dydan ni ddim yn cael llawar o gwsmeriaid o Ffostrasol yma.'

Craffodd Huws ar y cerdyn. *'Mathias and Morgan – Debt Collectors'* ac roedd cyfeiriad yn Ffostrasol ar y gwaelod. 'Mi gadwa i hwn, Sam. Diolch. Mi ddo i draw am fwyd eto rywbryd . . . i helpu petha.'

''Sa'n well i chi ddod â lysh efo chi, Sarjant.'

83

* * *

Unwaith y cyrhaeddodd Huws y swyddfa, cododd y ffôn a gofynnodd am yr Hac. 'Sgen ti ffansi mynd i Ffostrasol fory?'

Oedd, mi roedd ganddo. Ychydig iawn a gâi'r Hac deithio o'i filltir sgwâr. Gohebydd patsh oedd o. Yn wir, roedd yn eiddigeddus o gocia-ŵyn ifainc y stafell newyddion oedd yn cael teithio Cymru a'r byd ar ôl straeon cachu. Ond straeon go-iawn, straeon roedd y werin eisiau'u clywed oedd arbenigedd Llew Edwards – neu dyna oedd ei farn o, beth bynnag.

Roedd car yr Hac y tu allan i dŷ Huws am wyth. Roedd Llew wedi cynnig gyrru, a derbyniodd Huws y cynnig yn syth gan y galluogai hyn iddo gael peint neu ddau wedi cyrraedd pen y daith. Roedd tâp John ac Alun gan yr Hac yn y car, a bu Huws yn pendwmpian tra'r âi'r tâp o un pen i'r llall a throsodd a throsodd yr holl ffordd i Geredigion.

Roedd drws y dafarn yn agored pan gyrhaeddodd y ddau y pentref, a phenderfynwyd mai yno y bydden nhw'n dechrau eu hymchwiliadau. 'Dau beint o Felinfoel, os gwelwch yn dda,' archebodd yr Hac.

'Be uffar ydi hwnnw?' gofynnodd Huws gan archwilio'r pympiau am enw cwrw cyfarwydd.

'Stwff da iawn, Sarjant. Mi ges i lawer ohono pan oeddwn i'n y Coleg Normal, wa, dod i lawr i'r de yma ar brotest a hyn a'r llall yn de.'

'Be, oeddach chdi'n un o'r petha Cymdeithas yr Iaith 'na'n malu seins ac ati.'

Nodiodd yr Hac.

'Ella 'mod i wedi dy arestio.'

'Elle wir, sarjant, elle wir.'

84

Ond nid dyma oedd yr amser i drafod gweithgareddau gwleidyddol Llew'r Hac, roedd y ddau yma ar drywydd dau ddihiryn. Estynnodd Huws i'w waled. 'Sgiwshiwch fi,' meddai wrth y barman, 'ydach chi'n gwybod lle gawn ni afael ar y rhein?'

Craffodd y barman ar y cerdyn. 'Wil Shibwns a'i gyfell. Se chi'n mynd mas o fan hin wedi i chi beni eich peint, a throi i'r with a lan yr hewl ac ma Cefen Caca'n sith o'ch blan.'

'Diolch,' meddai'r Hac cyn rhoi clec i'w beint. Gwnaeth Huws yr un modd a dilynodd o allan.

'Be ddiawl ddudodd o, Llew?'

'Deud lle ma'r ddau'n byw nath o, wa. Tyd, awn ni draw i'w gweld nhw.' Gwelodd y ddau y tŷ dan sylw ar ben yr allt. Parciodd yr Hac y car rhyw ganllath i ffwrdd a cherddodd y ddau'n araf weddill y daith. Doedd neb i'w gweld o gwmpas Cefen Caca; wedi cyrraedd, penderfynodd Huws fynd i'r chwith ac aeth yr Hac i'r dde er mwyn cael golwg o gwmpas y tŷ.

Bwthyn bach oedd Cefen Caca, a hwnnw wedi'i foderneiddio'n lled ddiweddar. Ar y dde iddo roedd lle i barcio car ac i'r chwith gardd â fawr o ôl garddwr arni. Sleifiodd Huws yn llechwraidd tua'r cefn, doedd neb na dim i'w weld yn unman. Aeth at ffenest a rhoddodd ei wyneb ar y gwydr i edrych beth welai y tu mewn. Ond cyn craffu llawer, teimlodd rywbeth yn gwthio i'w din. 'Dyro'r gora iddi Llew y diawl!' meddai rhwng ei ddannedd, ond pan drodd rownd nid Llew oedd yno . . . ond blaidd! Neu'r peth tebycaf i flaidd welodd o erioed a hwnnw'n dangos rhes o ddannedd miniog. 'Ffy . . . ffy . . . ,' ond am unwaith câi Huws drafferth i gael hyd i'r geiriau priodol. Gwthiodd ei gefn yn erbyn y wal a rhoddodd ei ddwylo dros ei gwd rhag ofn bod y blaidd awydd tamaid i'w brofi. 'Ll . . . Ll . . . ' Ceisiodd weiddi am gymorth ac o fewn dim daeth yr Hac rownd y gornel.

'Tyrd yma gi bach, 'ne ti wa . . . ' a cherddodd y blaidd at yr Hac gan ysgwyd ei gynffon. 'Ci smart, Sarjant, smart ar diawl. Dwi'n siŵr bod ne waed blaidd ynddo.'

'Smart uffernol, Llew, ond welis di'r dannadd sy ganddo?' Ymlaciodd Huws rywfaint. 'Welis di rwbath o gwmpas y tŷ 'ma – ar wahân i'r anghenfil?'

'Dim Sarjant, dim,' atebodd gan anwesu'r anifail.

Camodd Huws yn ôl yn araf wysg ei gefn gan gadw ei ddwy lygad ar y blaidd. Ond aeth o ddim yn bell, unwaith eto roedd rhywbeth y tu cefn iddo. Ond nid blaidd y tro hwn, ond dyn a hwnnw'n gofyn yn fygythiol, 'Be chi'n neid yn fan hin?'

Trodd Huws yn araf tuag at y llais. Ddalltodd o'r un gair, ond gallai weld o'i wyneb nad oedd yn ddyn hapus. 'Sarjant Dic Huws, CID,' meddai gan wthio'r goes caib oedd yn llaw'r dyn diarth o'r neilltu. Tynnodd Huws ei gerdyn allan, a syrthiodd gwep y ddau oedd yn sefyll o'i flaen. Roedd Llew a'r blaidd wedi cyrraedd erbyn hyn. A diolch am hynny, oherwydd bu raid i'r Hac gyfieithu ar gyfer Huws. Cafodd y ddau wahoddiad i Gefen Caca.

'So ni wedi gwneud dim i'r Mejyr – ar wahân i gal gair bach yn ei glust e . . . bod raid iddo fe dalu'r arian yn ôl i'n client ni.'

Wedi cyfieithiad yr Hac, gofynnodd Huws, 'Ddaethoch chi ar draws Samantha Plaything-Jones?'

Cododd y ddau ddyled-gasglwr eu hysgwyddau ac edrych ar ei gilydd. 'Pwy yw'r fenyw ta beth?'

'Mae Major Harvey yn daid . . . yn dadcu iddi,' meddai'r Hac. Unwaith eto, codi eu hysgwyddau wnaeth y ddau. 'Mae hi ar goll . . . mae rhywun wedi'i chipio hi.'

Daeth braw i wyneb y ddau. 'So ni wedi'i chipo hi, so

ni'n cipo menywod. Efalle'n bod ni'n bygwth clatsho dynon, ond so ni'n cyffwrdd menywod.'

'Gwadu maen nhw, Sarjant,' ond gallai Huws weld hynny ar eu hwynebau, ac yn amlwg roedd y cyhuddiad wedi bod yn gryn sioc iddyn nhw.

'Red-hering oedd hyn, Llew, red-hering. Dyn nhw'n gwbod ffyc-ôl am Samantha.'

'Na, na,' meddai un o'r ddau ddeheuwr.

'Gymrwch chi ddishgled?' gofynnodd y llall.

'Maen nhw'n gofyn 'de chi isio paned, Sarjant?'

'Na, peint sa'n dda.'

'Peint! Jiw, am gwd syniad. Dewch awn i lawr i'r *Ffostrasol Arms* i gal bolad.'

A bolad fu hi, peint ar ôl peint o'r Felinfoel a Chymraeg y de'n dod yn fwy cyfarwydd i Huws gyda phob cegaid. 'Jiw, jiw, feri gwd,' meddai bob tro y deuai peint llawn i'w gyfeiriad. Ac roedd yr Hac yn cael y cwrw a'r gwmnïaeth mor dda fel ei fod wedi penderfynu anghofio am yrru'r car adref y noson honno, ac roedd un o'r dyled-gasglwyr wedi cynnig lle i'r ddau yng Nghefen Caca.

'Lle ma'r Edward Haij?' gofynnodd Huws wedi sawl peint.

'Jiw, Edward Haij yn gwd achan?' meddai llais o'r gornel. Cododd a gwthio'i law i'w boced i estyn arian i roi yn y jiwc-bocs. Llanwodd *VC10* y dafarn a dechreuodd un neu ddau ysgwyd eu tinau a chodi'u dwylo i'r awyr.

'Be uffar 'di'r sŵn yna?' gofynnodd Huws. 'Sgynnoch chi ddim Jac a Wil – o rwla ffor 'ma oeddan nhw'n dod yn de?'

'Edward Hej sy'n canu, wa,' meddai'r Hac wrth Huws. 'Sgynnoch chi ffansi dawnsio? Mae'r ddynes ne'n fan 'cw'n gwenu arnoch chi.'

Doedd Huws ddim yn ddawnsiwr, ac yn sicr nid i'r fath yma o gerddoriaeth. Roedd yna achlysuron prin pan oedd o wedi codi ar ei draed a dawnsio i ganeuon Abba efo Hanna, ond mi roedd o eisiau llawer mwy o ddiod cyn gwneud hynny. Cododd i fynd i lenwi'i wydryn, ond chyrhaeddodd o mo'r bar. 'Chi moyn danso?' meddai merch fronnog wrtho.

'Dawnsio? Esu na!'

'Jiw, dewch 'lan,' meddai a chydiodd yn ei fraich. Roedd yn ysgwyd ei thin tra'n cydion'n nwy law Huws. Gwnaeth yntau'r un modd. O'r diwedd daeth Edward H i ben a cheisiodd Huws ymryddhau o'r ferch iddo gael mynd i nôl peint, ond un o ganeuon araf Gwenda Owen ddaeth nesaf. Daeth dwy law'r ddynes unwaith eto tuag ato ac am ei ganol a gwasgwyd Huws tuag ati. Llanwyd ei ffroenau ac arogl persawr wnaed mewn stafell gefn yn Hong Kong cyn rhoi label cwmni drud o Baris ar y botel. Roedd Huws mewn carchar, ond doedd hi ddim yn dywyll, ddu arno. Roedd cwrw anghyfarwydd Felinfoel wedi cael effaith arno a doedd o ddim yn drwglecio'r persawr rhad. Gadawodd i Delila James ei wasgu'n dynn a rhoddodd ei ben i orwedd ar ei hysgwydd helaeth. Ysgydwodd cyrff y ddau o ochr i ochr fel pe bai nhw'n un ac yn raddol bach dechreuodd cwd Huws galedu. Roedd curiad y gân nesa'n gynt, ond doedd Huws ddim eisiau i Delila ei ollwng. Yn ffodus roedd Delila'n ddynes gref a gallai ddal pwysau Huws – ond nid am hir. Awgrymodd yn garedig wedi peth amser y dylen nhw eistedd i lawr ac y byddai'n hoffi jin an tonic mawr.

'Mae'r Delila ne'n dipyn o ddynes,' meddai'r Hac wrtho yn y bar.

Nodiodd Huws tra'n rhoi ei archeb. 'Gest ti ddim dynas?' gofynnodd Huws wrth estyn peint i'r Hac.

'Dwi wedi dawnsio efo un neu ddwy'n de wa, ond na, mi sticia i at y cwrw.'

Ond roedd Huws eisiau'r ddau. Brysiodd â'r diod yn ôl at Delila. Roedd y jiwc-bocs wedi distewi erbyn hyn ac roedd pawb yn yfed a siarad wrth y byrddau bach crwn. Gwyddai Huws ei bod yn cyrraedd yr amser tyngedfennol hwnnw pan na fyddai ei gwd na'i ymennydd yn gweithio wedi cael un peint arall. 'Wyt ti ffansi chydig o awyr iach, Delila?' gofynnodd.

Dalltodd hithau'r geiriau 'awyr iach' a chydiodd yn ei fraich a'i dywys allan o'r dafarn. 'Hoffet ti ddod gartre 'da fi . . . i gael dishgled o de?' meddai gan roi winc arno.

Ddalltodd Huws yr un gair ddywedodd hi, ond roedd y winc yn ddigon a chydiodd yn dynn yn ei braich wrth iddo gael ei dywys i lawr y stryd. Arhosodd Delila y tu allan i ddrws gwyrdd mewn rhes o dai. Estynnodd i'w bag a thynnodd oriad allan. Pwysodd Huws yn drwm yn erbyn wal y tŷ tra agorodd hi'r drws.

Cydiodd Delila'n ei law a'i dywys ar hyd y pasej i lolfa gyfforddus gyda soffa o ledr plastig lliw hufen ynddi a deiliach gwyrdd mewn potiau ymhob cornel.

'Lle ma'r tŷ piso?' oedd geiriau cyntaf Huws, a chyfeiriodd Delila o i'r cefn. Wedi gwagiad gymrodd rai munudau dychwelydd Huws at Delila. Roedd hi wedi tynnu ei chot ac wedi agor botymau ei blows i ddangos y Grand Canion rhwng ei bronnau. Roedd yn eistedd ar y soffa a'i sgert goch wedi'i chodi dros ei chluniau. Taerai Huws iddi fod yn chwistrellu rhagor o'r persawr rhad tra'r oedd o allan gan y gallai ei synhwyro'n gymylau o'i gwmpas.

Tarodd Delila sêt y soffa yn ysgafn sawl gwaith â'i llaw a gwenodd yn dyner ar Huws. 'Ishte'n fan'ma 'da fi, Dicw.' Doedd neb wedi'i alw'n Dicw o'r blaen – ddim hyd yn oed Hanna, ond doedd o ddim yn ei ddrwglecio. Tynnodd ei got a'i het ac eisteddodd gyda Delila ar y soffa. Gwthiodd ei chorff sylweddol tuag ato a daeth ei gwefusau fflamgoch, llawnion o fewn modfedd i'w rai o. Dechreuodd Huws anadlu'n ddyfn a dechreuodd fynd yn fyr o wynt wedi i Delila roi ei llaw ar dop ei goes. Planodd ei gwefusau ar er rai o a gwthiodd o i gefn y soffa hufen. Cododd Delila ei choes drosto, tynnodd ei ben tuag at ei hun hi a dechreuodd ei gusanu fel pe bai hi'n ddynes ddeugain oed na chafodd ddyn ers blynyddoedd. Ac yn wir, dyna oedd Delila. Chafodd Delila ddim dyn ers i Moc y Potsiwr ei gadael gryn bum mlynedd yn ôl. Roedd Moc yn ddyn pymtheg stôn ar un amser, ond wedi chwe mis efo Delila doedd dim angen terier arno, gallai fynd i lawr twll cwningen ei hun. Symudodd Moc i'r Cymoedd glofaol er lles ei iechyd.

Bregus oedd gobeithion iechyd Huws hefyd. Roedd minlliw Delila wedi ymuno â'r gwrid yn ei wyneb i'w wneud yn debycach i Geronimo nac aelod o Heddlu Gogledd Cymru. Roedd ei dei yn dal am ei wddw ond roedd ei grys a'i fest yn bentwr ar y llawr wrth droed y soffa. Ataliwyd y cusanu am eiliad i Delila gael tynnu ei blows. Doedd dim rhaid iddi dynnu ei sgert gan fod honno fel belt am ei chanol. Cydiodd Delila yn llaw Huws a'i halio i'r llawr a'i roi i orwedd ar y mat o wlân ffug o flaen y lle tân. Cyn neidio'n ôl ar Huws, cydiodd Delila yn ei esgidiau trymion plismonaidd a'u dynnu fesul un heb eu hagor. Agorwyd ei felt gydag un plwc a thasgodd botymau ei falog i bob cyfeiriad wrth i Delila dynnu'n ei drwsus. Doedd hi fawr o dro nad oedd Huws yn gorwedd yn y gwlân gydag ond tei am ei wddw a thrôns a welodd ddyddiau gwell am ei din. Roedd Delila erbyn hyn heb gerpyn. Roedd ei llygaid wedi'i hoelio ar rai

Huws wrth iddi dynnu'r trôns oddi amdano – a da oedd hynny. Taflwyd y trôns o'r neilltu ond glaniodd yn y grât ac o fewn dim roedd yn lludw. Ai damwain oedd hyn ynteu oedd Delila yn poeni am ei hiechyd?

Taflodd Delila ei hun ar Huws gan wthio ei gwefusau gwlybion i'w rai o, yna symudodd yn araf i lawr ei wddw i'w frest, i lawr i'w fol ac i lawr am y polyn pinc oedd yn disgwyl amdani. Ond arhosodd gwefusau Delila ryw fodfedd oddi wrthi a theimlai Huws ei gwynt ar flaen ei gwd. Yna cydiodd yn Huws a'i dynnu drosti. Roedd Delila'n benderfynol mai Huws gâi wneud y gwaith i gyd rŵan. Cydiodd ynddo a'i ysgwyd fel doli glwt – ond anghofiodd fod Huws yn anghyfarwydd â chwrw Felinfoel. Gwyddai Huws bod rhywbeth yn digwydd yn ei stumog ond chafodd o ddim cyfle i ystyried yr arwyddion.

Roedd Delila fel lleden ar y mat gwlân a Huws ar ei chefn a'i din at y soffa hufen pan ddigwyddodd y ddamwain. Roedd Delila yn brefu fel llo eisiau'i fwydo a Huws yn tuchan fel pe tae o ar ganol ras farathon. Roedd Delila wedi colli pob rheolaeth arni ei hunan a Huws yr un modd efo'i din.

Gwynt ddaeth gyntaf, yna pibodd Huws gan daflu cynnwys ei din dros hoff ddodrefnyn Delila. Sylwodd hi ddim yn syth. Ond roedd Huws wedi llonyddu a chododd ei phen i edrych os oedd o'n dal yn fyw a dyna pa bryd y gwelodd hi'r gachfa. Doedd ei soffa lledr ffug ddim yn lliw hufen mwyach. Collodd pob awydd am y feinbinc a gwthiodd Huws o'r neilltu.

'Fy soffa, ma' hi'n gaca i gyd!'

'Ew sori Delila, ond yr hen gwrw sowth 'na 'di'r drwg . . . '

Roedd Delila ar ei chwrcwd ar y llawr yn edrych ar y

soffa yr oedd hi mor falch ohoni ac yn crio'n hidl. Ond nid am hir. Neidiodd ar ei thraed. Gwelodd bentwr dillad Huws ar y llawr a rhoddodd gic iddynt yn ei gwylltineb . . . yn syth am y grât.

'Esu goc,' gwaeddodd Huws. 'Ma 'nillad i ar dân!' a chythrodd amdanyn nhw. Ond roedd yn rhy hwyr gan fod popeth ond ei siaced yn lludw. Cydiodd yn honno, a neidiodd arni i ddiffodd y fflamau. Welodd o mo law Delila'n dod am ei war ond teimlodd hi'n gwthio ei ben i glustogau'r soffa.

''Na ti'r mochin, yn caca ar fy soffa!' gwaeddodd wrth wthio ei wyneb i'r drewdod. Daeth yn rhydd ond gwyddai fod Delila'n gryfach nag o a doedd dim amdani ond dianc. Cydiodd yn ei siaced a gl'uodd hi lawr y pasej am y drws ffrynt a Delila yn dynn wrth ei sodlau. Rhoddodd dro i ddwrn y drws ac agorodd, a rhuthrodd allan i'r awyr iach. Fentrodd Delila mo'i ddilyn gan nad oedd cerpyn amdani – a doedd Huws fawr gwell. Gwisgodd ei siaced a sythodd ei dei a cherddodd yn llechwraidd tua'r dafarn.

9

Roedd car yr Hac yn dal y tu allan. Aeth i ffenest y dafarn ac edrychodd i mewn a gwelodd ei gyfaill yno'n syllu i'w beint. Bu'n curo ar y ffenest am funudau cyn i'r Hac ei glywed ac amneidiodd arno i ddod allan. O'r diwedd daeth ac nid cyn pryd gan fod tin Huws bron â rhewi yn y gwynt oer a chwythai o fynyddoedd Plumlumon.

'Lle uffern mae dy ddillad di, wa?'

'Stori hir, Llew, stori hir. Agora ddrws y car i mi neu mi fydda i wedi fferu!'

'Iawn, Sarjant. Cerwch chi i mewn, ac mi â i ddeud wrth y cyfeillion beth sydd wedi digwydd a gofyn gawn ni fynd i'w tŷ nhw i gysgu rŵan.'

'Diolch Llew,' meddai Huws a rhoddodd ei din noeth yn sedd y gyrrwr. Taniodd yr injan a throdd y cynhesydd ymlaen. Dyna welliant, meddai, ella y câi fenthyg dillad gan un o'r ddau at y bore.

Ond nid Llew na'r ddau gyfaill o'r de ddaeth gyntaf at y car. Clywodd Huws gnoc ar y ffenest a dyn mewn dillad cyfarwydd yn sefyll y tu allan. Plisman! Diolch am hynny, mi ga i help gan hwn rŵan. Agorodd y ffenest. 'Sarjant Dic Huws, Arfon CID, yma fel rhan o'm gwaith a dwi angen chydig o help.'

'Dewch mas o'r car, os gwelwch yn dda, syr,' meddai hwnnw, a chamodd Huws o'r cerbyd.

'Sarjant Dic Huws, Arfon CID,' meddai eilwaith tra'n sefyll yn noeth ond am siaced a thei.

'Plisman, ife? Gaf i weld eich eidentiti chi, syr,' ac estynnodd Huws tuag at ei boced tin i estyn ei waled ond doedd na phoced na waled yno.

'Ym, offiser,' meddai gan estyn tuag ato i sibrwd, 'dwi wedi colli 'nhrwsus.'

'Fel y gwela i, syr, ac rydych chi wedi bod yn ifed hefyd,' meddai'r heddwas gan synhwyro'r awyr o gwmpas Huws.

'Rhyw chydig yn de, efo ffrindia o'r sowth.'

'Ac yn paratoi i ddreifo oddi yma.'

'Ia, wel na, disgwyl ffrindia o'n i, jest c'nesu rhyw chydig yn de. Rhoi'r hityr on.'

Estynnodd yr heddwas gwdyn o'i boced. 'Hwythwch i mewn i hwn, syr.'

'Brethalaisyr, ffwc o beryg! Dwi on diwti, a do'n i ddim yn mynd i ddreifio!'

'Mi fydd rhaid i mi felly fynd â chi lawr i'r swyddfa . . . '

'Chdi a pwy?'

Ac mi gafodd Huws ei ateb. Cydiodd yr heddwas yn ei fraich a chan fod Huws yn wan wedi dobio Delila, doedd dim gobaith dod yn rhydd. Gwthiwyd o i gefn y car heddlu a phan ddaeth yr Hac a'r ddau gyfaill o'r dafarn, doedd dim golwg ohono.

* * *

Doedd dal dim golwg o Huws pan ddeffrodd yr Hac ar soffa yng Nghefen Caca y bore canlynol. Cafodd baned a thost gan y cyfeillion ac yna'i gario at ei gar ger y dafarn. Curodd y drws ac wedi hir a hwyr daeth y tafarnwr i'w agor. 'Welsoch chi ddim S . . . y dyn oedd efo fi, wa?'

94

Ysgydwodd hwnnw ei ben. 'Naddo fachgen, ond ma nhw'n gweid wrtha i fod e wedi mynd mas 'da Delila. Ma fe unai yn ei thŷ hi neu miwn intensif cêr iwnit.' Yna daliodd ei fraich allan a'i chyfeirio i lawr y stryd. 'Nymbyr tw.'

Diolchodd yr Hac a cherddodd at y rhes dai a churo ar ddrws â rhif dau plastig arno. Curodd a daeth Delila i'r drws. 'Ydi S . . . '

Ond ddaeth dim rhagor o'i geg gan i Delila gythru i'w wddw. 'Ma fe wedi caca ar fy soffa crîm i . . . ac fi'n mynd i'w ladd e!' Ond yn gyntaf, roedd hi'n debyg ei bod am ladd yr Hac. Teimlai ei goesau'n mynd yn wan a'i wynt yn mynd yn fyrrach ac roedd sŵn adar mân yn ei glustiau.

'Delila! Gadewch i'r dyn!' meddai llais pell-i-ffwrdd y tu ôl iddo.

'Ond mae ei ffrind e wedi caca ar fy soffa newydd i.'

'So hynna'n reswm i'w ladd e, a beth bynnag, i fi'n credu fod y cachwr yn yr offis 'da fi.'

'Mi ddoi draw 'da chi nawr offiser i wneud stetment . . . '

'So fi'n credu bod caca ar soffa yn offens, Delila.'

'Wrth gwrs ei fod e!'

Trodd yr heddwas at yr Hac. 'Chi yw cyfell yr un sy'n galw ei hun yn Sarjent Dic Huws?'

'Ie, wa,' meddai'r Hac gan rwbio'i wddw. 'Gennech chi mae o felly?'

'Dowch 'da fi i ni gael rhoi trefen ar bethe.' Cytunodd yr Hac ar unwaith a brysiodd i'r car ar ôl yr heddwas allan o grafangau Delila.

Doedd Huws ddim mewn tymer dda pan gyrhaeddodd yr Hac swyddfa'r heddlu. Roedd yn eistedd yng nghornel y gell a phlanced dros ei goesau. 'Llew! Diolch byth dy fod ti yma. Ma'r ffycar yma am jarjio fi am yfad a gyrru, resisting arest a phob math o betha. Deud wrtho 'mod i'n blismon parchus.'

'Ellwch chi gadarnhau, Mr Edwards, mai Sarjent Dic Huws, Arfon CID, yw'r gŵr yn y gell.'

'Gallaf,' meddai'r Hac. 'Fo ydy o, wa.'

'Reit, diolch. Mi fydd raid i mi rŵan ffonio pennaeth ardal Arfon i gael gair ag o, i egluro bod un o'i blismyn mewn cryn drafferth.'

'Hi.'

'Beth?'

'Hi ydy hi, yr Arolygydd Amanda Daniel.'

'Diolch, Mr Edwards.'

* * *

Doedd yr Arolygydd Amanda Daniel ddim yn hapus a dweud y lleiaf bod un o'i phlismyn wedi'i ddal dan y fath amgylchiadau – a hwnnw'n Sarjant Dic Huws, prif blisman ei hadran. Cododd y ffôn a ffoniodd Arolygydd o Heddlu Dyfed-Powys yr oedd wedi ei gyfarfod ar ryw gwrs neu'i gilydd. Eglurodd fel roedd un o'i phrif blismyn dan gymaint o straen gyda diflaniad dwy ferch a llofruddiaeth ar ei feddwl . . . a thybed a allen nhw anghofio am y digwyddiad? Roedd yr Arolygydd o Heddlu Dyfed-Powys yn cofio Amanda'n iawn. Roedd yn cofio ei chorff lluniaidd a'i hwyneb deniadol. Roedd yn cofio fel roedd ei thin yn ysgwyd o un ochr i'r llall wrth iddi gerdded o'i flaen i'r ystafell gynadledda. Roedd yn cofio'n iawn fel yr oedd hi wedi gwrthod ei wahoddiad i fynd i'w stafell yn y gwesty i drafod digwyddiadau'r dydd. Ond nid y tro nesaf – o na! Roedd ar Amanda Daniel ffafr iddo rŵan.

Cafodd Huws fenthyg trwsus a phâr o esgidiau gan

Heddlu Dyfed-Powys a chafodd ei gludo adref gan yr Hac yn ei gar. Gan fod cynnwys ei bocedi wedi mynd i ebargofiant, a hynny'n cynnwys y goriad i'w gartref, bu raid iddo daflu bricsen drwy ei ffenest i gael mynediad. Diolchodd i'r Hac a brysiodd i'w dŷ o olwg ei gymdogion.

Roedd Huws wedi cael gorchymyn i fynd i weld yr Arolygydd ben bore'r diwrnod canlynol i egluro beth ddigwyddodd yn Ffostrasol – a pham ei fod yno'n y lle cyntaf. Ar y ffordd i'r gwaith, tynnodd arwydd y tu allan i'r siop bapur newydd ei sylw. Gwasgodd y brêcs a gyrrodd y car am yn ôl tuag at y siop. Wedi ei sgwennu mewn llythrennau breision, du o dan enw'r papur lleol roedd y pennawd – *Mafeking House is burnt to the ground*.

Beth ddigwyddodd? Damwain ynteu oedd y Mejor wedi rhoi'r lle ar dân – yn ddamweiniol yn ei ddiod neu'n fwriadol? Efallai y tynnai hyn sylw'r Arolygydd oddi wrth ei drafferthion yn Ffostrasol. Wnaeth o ddim trafferthu mynd i'w swyddfa ond aeth ar hyd y coridor hir tua swyddfa'i bennaeth. Gwthiodd heibio PC Owens a'i wn MP5. Curodd ar y drws ac aeth i mewn wedi iddi ateb. 'Biti am dŷ'r Mejor. Be ddigwyddodd?' gofynnodd.

'Mae'r bobol fforensig yn dal yna. Mi ddylen ni gael gwybod fory.'

'Tybed oedd o'n fwriadol ynta gormod o . . . ?' a gwnaeth ystum yfed o wydryn â'i law.

'Ffostrasol . . . ' torrodd yr Arolygydd ar ei draws. 'Beth oeddech chi'n wneud yn fanno?' a bu raid i Huws ddechrau'n y dechrau a sôn am y rhai fu'n bygwth y Mejor.

'Dydy'r achos yma'n mynd i unman,' meddai Amanda wedi i Huws orffen ei stori, er na soniodd am y soffa. 'Os na fydd datblygiadau'n o fuan, mi fydd rhaid galw Sgotland Iard i mewn.'

Hwn oedd y peth gwaethaf a allai ddigwydd. Rhyw gocia-ŵyn o Lundain yn dod draw ac yn meddwl eu bod yn gwybod y cwbwl. Na, roedd Huws yn benderfynol o ddatrys dirgelwch y merched coll ei hun.

Cafodd wybod fod Major Harvey a'i wraig yn yr ysbyty; yn cael eu sychu allan a chael triniaeth i ddod dros effeithiau'r mwg. Byddai, felly, braidd yn anodd i'w holi. Doedd o wedi cael dim cliws gan Wil Plethe ac chredai Huws fod gan Sam Saer ddigon ar ei feddwl efo Mandi a phroblemau'r caffi i fod ag unrhyw beth i'w wneud â diflaniad Samantha a'i ffrind. Ac roedd Dic Donci yn farw. Doedd gan Huws yr un syniad ble i fynd nesaf.

Ond daeth goleuni o le annisgwyl. Canodd y ffôn.

'Dic? Brenda sy'ma . . . o'r *Maramba*. Dwi wedi dod o hyd i rywbeth all fod o ddiddordeb i ti ynglŷn â diflaniad merch Wil.'

Brysiodd Huws tuag at y clwb. Roedd hi'n rhy gynnar iddo fod ar agor ond roedd Brenda yno i baratoi ar gyfer y dydd – a'r nos. Gwthiodd Huws ar y drws ac agorodd, ac aeth i fyny'r grisiau.

'Yli, be dwi wedi cael hyd iddo?' meddai Brenda wrth iddo gyrraedd y bar. Yn ei llaw roedd nicyrs piws ac i lygad Huws roedd yn union yr un fath â'r rhai gafwyd hyd iddyn nhw yn yr hen sièd.

Cydiodd Huws ynddyn nhw a'u codi i'r golau. 'Lle gest ti hyd i'r rhain?'

'Tu ôl i un o'r bocsus gwin yn y stafell lle rydan ni'n cadw diod,' a gwthiodd ei braich tuag at y stafell lle y daliwyd Sam Saer rai dyddiau ynghynt. Roedd y ffenest y dihangodd Sam drwyddi erbyn hyn wedi'i chau'n dynn a dau far mawr cryf ar draws ei ffrâm. Edrychodd Huws o gwmpas y stafell – y tu ôl i'r bocsus, y crêts a'r casgenni, ond doedd dim o ddiddordeb i'w weld yno.

'Lle'n union oedd y nicyrs?' gofynnodd a dangosodd Brenda iddo. Doedd dim i'w weld yno rŵan. 'Sut oeddat ti'n gwbod mai nicyrs fel'na oedd Samantha yn eu gwisgo pan gafodd ei chipio?'

'Doedd eu llunia nhw yn y papur lleol, yn doedd? Mi rydan ni ferchaid yn nabod ein nicyrs, ac mi ro'n i'n syrt bod y rhein yr un mêc â nhw.'

Doedd Huws ddim am ddadlau â Brenda; yn amlwg roedd hi'n gwybod mwy am nicyrs nag oedd o. Lapiodd Huws y dilledyn yn ofalus a'i roi yn ei boced. 'Diolch, Brenda,' meddai a brysiodd o'r clwb er mwyn cael mynd â'r nicyrs i'r dynion fforensig.

Yn y cyfamser, penderfynodd gadw golwg ar Sam Saer. Byddai raid iddo aros i gael cadarnhad os mai nicyrs Samantha oedd y rhai yn y clwb cyn tynnu Sam i'w swyddfa. Parciodd ei gar rhyw ganllath o fwyty *Tamaid* ac eisteddodd yn ôl i weld pwy oedd yn mynd a dod o'r bwyty. Ychydig iawn o gwsmeriaid gâi Sam, a gallai Huws weld pam ei bod yn denau arno. Gwelai wyneb Sam yn y ffenest bob hyn a hyn yn edrych a oedd rhywun am alw draw. Safai weithiau'n ei farclod wen ar y pafin yn cyfarch hwn a'r llall ac yn eu gwahodd i mewn. Cafodd well lwc pan benderfynodd roi Mandi ar y pafin ac i honno ofyn os oedd unrhyw un ffansi tamaid. Camddeall wnaeth y rhan fwyaf a bu raid i Sam frysio allan i egluo beth yn union oedd y cynnig. O beth welai Huws, galw am baned wnai'r mwyafrif ac ychydig arhosai yno am ragor na deng munud.

Wedi dwyawr o wylio a'i goesau'n dechrau cyffio, penderfynodd fynd am dro i gefn yr adeilad i edrych be welai. Methiant fu ei ymdrech ddiwethaf i gael golwg iawn drwy ffenest Sam, ond y tro yma roedd yn fwy gofalus. Cafodd hyd i ysgol fechan mewn cwt yn y cefn a rhoddodd hi'n erbyn y wal a dringo'n araf at ffenest fflat

Sam. Tynnodd declyn o'i boced a gwthiodd o i ffrâm y ffenest ac agorodd honno'n araf. Unwaith yr oedd wedi'i hagor yn llawn, camodd i mewn. Roedd ar y landing, a honno'n gyfarwydd iddo. Yma roedd o wedi bod ar gefn Mandi.

Dechreuodd yn y stafell wely. Doedd o ddim yn siŵr am beth roedd o'n chwilio ond chafodd o mohono er iddo agor bob drôr yn y stafell. Aeth i'r gegin, doedd dim o ddiddordeb yn fan'no chwaith. Dychwelodd i'r lolfa, a dechreuodd chwilio yn fan'no, yn y ddresel a'r cypyrddau, ac roedd wrthi'n codi un o'r clustogau ar y soffa pan glywodd lais y tu ôl iddo.

'Wnaethoch chi adael rhywbeth ar ôl y noson cynt, Sarjant?' Mandi oedd yno.

Am unwaith, wyddai Huws ddim beth i'w ddweud, ond doedd dim raid. Roedd Mandi wedi cerdded ato a rhoi ei brechiau am ei ysgwyddau.

'B . . . beth am Sam?'

'Dwi 'di blino ar Sam, dwi isio dyn rŵan . . . a beth bynnag, mae o'n brysur ar hyn o bryd.'

Tynnodd Mandi ei het oddi ar ei ben, yna ei siaced, cyn ei wthio i'r soffa. Yna llaciodd ei dei ac agorodd ei grys a dechreuodd hi gnoi o gwmpas ei glustiau. Roedd Huws yn sobor y tro hwn a gallai deimlo corff cynnes Mandi yn gwthio arno ond yna stopiodd. Cododd ar ei thraed. 'Tynnwch eich dillad, Sarjant,' meddai tra'n datod botymau y ffrog ddu a wisgai yn y bwyty.

Câi Huws gryn drafferth i agor botymau ei grys, cymaint yr oedd ei fysedd yn crynu, ond doedd Mandi fawr o dro'n tynnu ei gwisg. Cododd Huws ei lygaid o'i fotymau i edrych ar gorff Mandi wisgai ond bra a nicyrs. 'Blydi hel' gwaeddodd a chythrodd am y nicyrs a chwipiodd nhw oddi arni.

'Www . . . Sarjant, 'da chi'n dipyn o ddyn yn tydach?'

Ond atebodd Huws ddim, roedd yn dal y nicyrs i fyny i'r golau.

'Be uffar 'da chi'ch dau yn neud?' meddai llais o ffrâm y drws. Doedd Sam ddim yn hoffi'r olygfa a welodd – ei gariad yn dinoeth a phennaeth yr heddlu yn llewys ei grys yn archwilio ei nicyrs.

Cododd Huws ar ei draed. 'Infestigeshyns, Sam, infentigeshyns.'

'Sgynnoch chi warant i egsaminio nicyrs, Mandi?'

'Yn yr offis . . . '

'Pam 'da chi'n sbio ar ei nicyrs hi ta?'

'Maen nhw'n debyg ar y diawl i rai fyddai Samantha Plaything-Jones yn eu gwisgo.'

'Dydyn nhw ddim byd tebyg, mae'r rheiny'n llawer drutach na rhai Mandi.'

Cododd Mandi ei throed a rhoddodd gic i Sam. 'Y basdad! Ddudis di bod rheina'n rhai drud a beth bynnag sut uffar ti'n gwybod sut rai sydd gan honno?'

'Yn union,' meddai Huws gan roi ei siaced a'i het amdano.

'Dydy hogia'r dre 'ma wedi dweud bo ganddi rai drud uffernol.'

Rhoddodd Huws y dilledyn yn daclus yn ei boced. 'Mi ddo i â nhw'n ôl i ti ar ôl gorffen efo nhw, Mandi,' meddai.

'Ond mi ro i nhw'n ôl amdani,' gwaeddodd Sam wrth i Huws fynd i lawr y grisiau ac allan i'r stryd fawr.

Pan gyrhaeddodd yn ôl i'r swyddfa a rhoi caniad arall i'r adran fforensig i ddweud bod ganddo ragor o waith iddyn nhw, cafodd wybod y tebygrwydd oedd fod y nicyrs a gafwyd yn stafell lysh clwb y *Maramba* wedi cael eu gwisgo o leiaf un waith gan Samantha Plaything-Jones.

Oedd o am dynnu Sam i'r swyddfa rŵan i'w holi yntai

disgwyl am ganlyniad profion ar yr ail bâr o nicyrs? Fu dim raid iddo aros yn hir. Dynes o'r adran fforensig oedd ar y ffôn a honno mae'n debyg yn gryn awdurdod ar nicyrs drud. 'Sarjant, dydy'r rhai dwytha 'ma ddim o'r un safon â'r ddau bâr arall. Mae'r rhain yn dipyn rhatach. Fyswn i ddim yn credu y byddai Miss Plaything-Jones yn gwisgo rhai fel hyn, ond mi wnai brofion arnyn nhw.'

Roedd hyn yn cymhlethu pethau. Os nad oedd cysylltiad rhwng y nicyrs oedd ar din Mandi a Samantha Plaything-Jones, yna roedd yr achos yn erbyn Sam Saer yn wanach, a'r tebygrwydd oedd y byddai dynion Llundain yma ymhen dyddiau.

Canodd y ffôn i darfu ar ei feddyliau. Hanna oedd yno. 'Mae Derfel yn gofyn a oes yna rywun wedi ffonio ynglŷn â'r pres sy'n cael ei gynnig am wybodaeth am Samantha?'

'Na dim, dim smic gan neb. Ti ffansi peint heno?' Doedd o ddim wedi gweld Hanna ers dros wythnos, ond gwrthod wnaeth hi.

'Brysur uffernol, Dic. Gŵyl a gwaith wedi mynd yn un, fel roedd yr hen bobol yn ddeud,' ac ar hynny aeth y ffôn yn farw.

Os nad Sam adawodd y nicyrs yn y *Maramba*, yna pwy? A ble ddiawl oedd Ramona ei ffrind?

Doedd o ddim am ddisgwyl canlyniadau fforensig ar nicyrs Mandi ac ar ddiwedd dydd aeth am y *Maramba*. 'Gwaith ta pleser?' gofynnodd Brenda iddo pan gyrhaeddodd y bar.

'Ym . . . pleser,' meddai gan edrych o'i gwmpas. 'Tyrd â dau hannar o rwbath go-lew i mi.' Cymrodd Huws ei ddiod ac aeth i eistedd wrth fwrdd yn un o gorneli'r clwb. Wrth wagio'r ddau wydryn, edrychai ar bawb ddeuai i mewn gan geisio meddwl pa un ohonyn nhw allai fod â rhan yn niflaniad Samantha. Oedd rhywun ar delerau drwg â Wil Plethe? Doedd gan neb, hyd y gwyddai, ddim ond canmol iddo fo a'i glwb. Rhai canol oed a hŷn oedd bron bawb. Mân wŷr busnes y dref ac ambell wastraffyn. Pwy fyddai â diddordeb yn Samantha? Pawb o'r dynion, mae'n siŵr. Ond pwy fyddai am ei chipio? Roedd ei wydrau yn wag a chododd at y bar i gael rhagor. Trodd pan glywodd y drws yn agor, ac yno'n cerdded yn dalog – fraich yn fraich – roedd Hanna a Gwilym Geiria. Y gotsan! 'Dydi hi ddim yn rhy brysur i gael peint efo'r dyn pî-âr!

10

Rhuthrodd Huws tuag at y ddau. Cydiodd ym mraich Hanna. 'Be ffwc ti'n neud efo'r cotsun yma? O'n i'n meddwl dy fod ti'n brysur yn y gwaith.'

''Nes i . . . orffen yn gynt nag oeddwn i'n feddwl.'

'Sarjant bach, peidiwch â chynhyrfu. Cael rhyw . . . ddiod bach mae Hanna a mi. Ga'i brynu diod bach i chi?' gofynnodd Gwilym.

Cythrodd Huws am ddici-bô'r dyn pî-âr. 'Rho fo yn dy dwll din,' meddai a chydiodd ym mraich Hanna i'w thywys allan.

Doedd Hanna ddim eisiau i Huws godi twrw yn y clwb, felly aeth allan gydag o.

'Y gotsan ddauwynebog!' meddai wrthi wedi cyrraedd y pafin.

'Yli Dic, dwi ddim yn mynd i ddadla efo chdi ar y pafin a phawb yn sbio arnon ni. Tyrd i fan'cw, mae 'na fainc yna.' A dilynodd Huws hi'n anfoddog tuag at fainc oedd yn edrych dros yr afon.

'Ers pa bryd ti'n mynd efo'r cont yna?' gofynnodd Huws ac yntau wedi ymdawelu rhywfaint erbyn hyn.

'Ers chydig wythnosa . . . '

'O'n i'n meddwl . . . '

'Ella bo' chdi, Dic, ond blydi hel mae dynas yn cael

llond bol ar lysho, meddwi . . . mae hi isio chydig bach o sylw weithia . . . '

'A ti'n ei gael o gan Gwilym Geiria!'

'Ydw, mae o'n ŵr bonheddig. Mae o'n gwbod sut i edrach ar ôl dynas. Mae o'n agor drws i mi. Mae o'n prynu presanta neis i mi ac mae o'n mynd â fi allan am fwyd – a dydy o ddim yn meddwi'n gachu ac yn syrthio i gysgu ar y soffa cyn cyrraedd y llofft.'

Gwyddai Huws am ei ffaeleddau, ond roedd o'n meddwl bod Hanna'n ei hoffi oherwydd hynny.

''Na i . . . 'na i newid . . . ,' meddai'n ddistaw.

'Mae'n rhy hwyr, Dic, dwi wedi disgwyl digon. Dwi'n mynd dim f'engach . . . A beth bynnag dwi'n reit hoff o Gwilym . . . '

'Dwi'n ffycd felly?'

'Wyt . . . mae gen i ofn.'

Ar hynny, cododd Huws ar ei draed. 'Bob hwyl i chi'ch dau, ynde,' meddai a cherddodd am ei gar ac am adref ac yn syth i'w wely.

* * *

Roedd Mandi ar ei feddwl pan ddeffrodd y bore canlynol. Pam? Wyddai o ddim? Yn sicr doedd Hanna na Delila ddim, ond onid Samantha ddylai fynd â'i holl sylw'r dyddiau hyn? Roedd dydd dyfodiad ditectifs Llundain yn nesáu.

Pan gyrhaeddodd y swyddfa – a hynny'n gynnar am unwaith, roedd neges yn ei ddisgwyl. Doedd dim cysylltiad rhwng nicyrs Mandi a Samantha. Gwneuthuriad gwahanol a dim defnyn o DNA yn gyffredin. Beth bynnag am y canlyniad, roedd yn bryd halio Sam Saer i'r swyddfa.

Mandi atebodd y drws. 'Ydi Sam i mewn?'

'Nadi, brysia, mae o wedi picio allan.' A chydiodd y ferch yn ei fraich a'i lusgo i mewn i'r bwyty. Pam fod merch ifanc ddeniadol fel Mandi yn methu cadw ei dwylo oddi ar ddyn . . . canol oed, ond deniadol er hynny, fel y fo? Dyna âi drwy feddwl Huws wrth iddi wthio'i gwefusau gwlybion i'w rai o unwaith y caeodd ddrws y bwyty ar ei hôl. Oedd hyn rywbeth i'w wneud â Sam? Oedd hi'n ceisio ei daflu oddi ar drywydd ei chariad? Dyna fflachiodd drwy feddwl Huws – am eiliad. Doedd waeth iddo fanteisio ar y sefyllfa am ychydig. Byddai merch ifanc a'i ffafrau ddim yn taflu prif dditectif Arfon CID oddi ar drywydd neb.

'Mae ganddon ni hanner awr,' meddai wrth dynnu siaced Huws oddi amdano. Hen ddigon, meddai wrtho'i hun tra'n llacio ei dei. Gwthiodd Mandi ei dwylo dan ei grys a'i fest a dechrau mwytho ei frest tra cydiodd Huws yn dynn yn ochr y bar bach i sadio'i hun. Rhoddodd y ferch blwc deheuig i'w felt a disgynnodd ei drwsus i'w fferau. Roedd ei dwylo ar lastig ei drôns yn barod i'w halio tuag at ei bengliniau pan ganodd y ffôn.

'Helo, *Tamaid* . . . ,' meddai wedi iddi ollwng y lastig gyda chlec ar stumog Huws. 'O chdi sy'na Maurice. Iawn, mi ddoi yna'n syth rŵan.' Trodd at Huws. 'Sori Sarjant, ond mae'n rhaid i mi fynd â'r car a dillad glân i Maurice. Mae o'n gorfod mynd i weld perthynas iddo ar frys!'

Cyfleus iawn, meddai Huws wrtho'i hun wrth halio ei drwsus yn ôl amdano. 'Mi ddo i efo chdi.'

'Na, mae'n iawn, Sarjant. Dydi o'm isio llawer o bethau,' ac ar hynny brysiodd i'r fflat. Gwnaeth Huws ei hun yn weddus ac aeth allan i'r stryd ac eistedd yn ei gar i ddisgwyl Mandi er mwyn iddo gael ei dilyn at Sam Saer.

Aeth chwarter awr heibio, yna hanner awr – a doedd

dim golwg ohoni. Gadawodd y car ac aeth i guro drws y fflat – ond doedd dim ateb. Aeth i'r cefn, doedd dim golwg o neb. Oedd hi'n dweud y gwir ei bod yn mynd at Sam? Os felly, mae'n rhaid ei bod wedi mynd allan drwy'r ffenest gefn fel na allai Huws ei dilyn. O'r diwedd roedd ar drywydd rhywbeth a allai arwain at ddatrys diflaniad y ddwy ferch!

Brysiodd Huws yn ôl i'w gar ac aeth i chwilio am y ddau. Crwydrodd bob stryd yn y dref ac wedyn aeth allan i'r cyrrion ond doedd dim golwg ohonyn nhw. Roedden nhw wedi diflannu! Aeth yn ôl i'r bwyty ac ar wydr y drws, roedd arwydd – *Closed until further notice: Cauedig hyd at notis pellach.* Roedd rhywun wedi bod yn ôl yno ers i Mandi adael. Aeth i'r cefn unwaith eto, ond roedd y lle fel y bedd. Doedd dim amdani ond gwneud apêl ar y cyfryngau am wybodaeth am Sam Saer a Mandi – a rhoddodd ganiad i'r Hac.

'Be 'di henwe iawn nhw, Sarjant?' gofynnodd yr Hac wedi i Huws gyrraedd. 'Sut uffar dwi'n gwybod? Sam Saer olso nôn as Maurice a'i bartner Mandi.'

'Maen nhw'n swnio'n debyg i Boni a Claid,' meddai llais benywaidd o du ôl i Huws.

Hanna oedd yno. 'Su mai?' gofynnodd Huws heb fawr o frwdfrydedd.

'Pam ofynni di i Wil Plethe? Gan fod Sam wedi bod yn gweithio iddo, mae'n siŵr fod ei enw llawn ganddo.'

Cydiodd Huws yn y ffôn wedi iddo ollwng y Tudalennau Melyn. 'Wil, be 'di enw iawn Sam Saer? Dwi'n meddwl bod ganddo rywbeth i'w wneud â diflaniad Samantha.'

Clywodd y ddau nad oedd wrth y ffôn lais Wil yn glir. 'Y basdad! O'n i *yn* ama. Iwsio'n hogan bach i i ddial arna i! Mi lladda i o!'

'Mae'n rhaid i ni ei ddal o gyntaf, Wil. Ei enw iawn o?'

'Samuel Valentine Davies . . . ia, dwi'n gwbod 'i fod o'n enw gwirion i saer, ond roedd ei daid o'n ffrindia efo Lewis Valentine Penaberth.'

Doedd Huws fawr callach. 'Ro i wybod i ti beth fydd yn digwydd.' Trodd at Hanna, 'Reit dwi'n barod.'

Doedd gan Huws ddim llun o Sam ond rhoddodd ddisgrifiad manwl ohono. Doedd ganddo ddim llun o Mandi chwaith, ond gallodd roi disgrifiad manwl iawn ohoni hi. Yna dychwelodd i'w swyddfa. Doedd dim i'w wneud rŵan ond disgwyl a gobeithio y byddai gan rywun wybodaeth am y ddau ffoadur.

Roedd yr Arolygydd wedi clywed am y datblygiad diweddaraf yma, a daeth i'r swyddfa i longyfarch Huws. 'Gobeithio'n wir y cewch chi hyd i Samantha a Ramona'n ddiogel, Sarjant. Mi fyddai . . . ,' a chredodd Huws am eiliad ei bod am daflu ei breichiau lluniaidd amdano a'i wasgu gyda'i chorff deniadol. Ond aros ger y drws wnaeth hi, cyn troi a gadael y swyddfa rhag bod Huws yn gweld y dagrau yn cronni yn ei llygaid.

Tra'r oedd Huws yn disgwyl i'r ffôn ganu gyda newyddion bod Sam a Mandi wedi'u dal, gyrrodd Harri Hownd a'i gi i'r fflat a'r bwyty i'w harchwilio. Mynnodd Sbando fynd i'r bwyty gyntaf ac aeth yn syth am y gegin. Gwagiodd yr oergell mewn eiliadau ac yna dechreuodd synhwyro'n y cypyrddau. Gwyddai Harri nad oedd fiw iddo'i dynnu oddi wrth y bwyd neu mi fyddai ei gi wedi llyncu mul am y dydd. Felly gadawodd iddo ac eisteddodd i lawr i yfed yr unig botel o gwrw oedd yn y lle.

Roedd y gegin o fewn dim yn wag a rhoddodd hyn gyfle i Harri edrych os oedd yna unrhyw beth allai arwain at ddiflaniad y ddwy ferch. Ond doedd dim, felly cychwynnodd y ddau am y fflat.

Roedd y ci yn udo ar waelod y grisiau gan iddo glywed arogl Mandi a chafodd Harri ei lusgo i fyny'r grisiau ar ei ôl. Gwthiai Sbando ei drwyn i bob drôr a phan ddeuai ar draws dilledyn o eiddo Mandi byddai'n codi ei ben ac yn udo fel pe bai hi'n lleuad llawn. Cafodd hyd i'r drôr nicyrs mewn dim a dechreuodd ei gynffon ysgwyd fel melin wynt. Cipiodd Harri un ohonyn nhw cyn i safn Sbando gau amdano. Doedd Harri ddim yn awdurdod ar ddillad isaf merched ond gwyddai nad un Marcs-an-Sbenser oedd yr un yn ei law. Cynhyrfodd, a chythrodd am ei ffôn.

'S . . . Sarjant! D . . . dwi 'di ffendio nicyrs drud . . . a dwi'n siŵr mai rhai Samantha ydyn nhw . . . '

'Nag wyt Harri, ella bod rhai Mandi yn rhai drytach na'r cyffredin ond dydyn nhw ddim mor ddrud â rhai Samantha . . . na rhai Ramona chwaith.'

'Ond . . . ond maen nhw'n rhai neis iawn . . . '

'Ella wir, ond nid y rhai rydan ni isio. A chadwa drefn ar y ci 'na, dwi'n ei glywad o'n udo o fan'ma! Caria 'mlaen i chwilio.'

Gadawodd Harri ei gi a'i drwyn yn y drôr nicyrs ac aeth ati i chwilio'r fflat ei hun. Doedd dim o ddiddordeb yno ond pentwr o filiau a llythyrau cas gan bobl yn gofyn am eu harian.

Oherwydd bod gan yr heddlu rŵan syniad reit dda pwy oedd y cipiwr, llaciwyd y mesurau diogelwch o gwmpas y pennaeth ac er mawr ryddhad i bawb bu i PC Owens gadw ei wn mewn cwpwrdd dan glo. Roedd o'n rhydd rŵan i ymuno'n y gwaith o ddal Sam Saer.

Blinodd Huws ar ddisgwyl i'r ffôn ganu ac aeth i lawr i'r dref. Harri Hownd oedd un o'r rhai cyntaf iddo'i weld, neu ei gi o leiaf. Roedd gan Sbando rywbeth yn ei geg. 'Be uffar mae hwn yn ei gario, Harri?'

'Wel, i ddeud y gwir, Sarjant, pâr o nicyrs o fflat Sam Saer. Neith o ddim ei ollwng o. Dwi'n meddwl fod Sbando in lyf efo'i gariad o.' Ac nid ci Harri oedd yr unig un. Edrychodd Huws yn hiraethus ar y dilledyn yn safn Sbando.

'Dos â fo oddi ar y strydoedd 'ma, bendith dduw i ti, neu mi fydd pobol yn dechra siarad.'

Cytunodd Harri a diflannodd rownd y gornel. Doedd Huws ond wedi mynd rhyw ganllath pan glywodd sgrech brecs a cherbyd sylweddol ei faint yn dod i stop wrth ei din. 'Ddalis di'r basdad?' gwaeddodd llais cyfarwydd.

Trodd Huws i gyfarch Wil Plethe. 'Dim eto, ond mi wnawn ni. Mae'r ffôrs i gyd allan. Welis di mo Harri a'i gi lawr y lôn?'

'Dos yn ôl ar y telifishyn a deud bod yna ddeng mil o bunna rŵan i ddal Sam Saer – ded or alaif! Mi dala i am ei ddal o. A rho bostars Wanted o gwmpas y lle 'ma, sticia nhw ar bolion ac ati.' Ac ar hynny, pwysodd Wil Plethe yn drwm ar y sbardun a rhuodd y ffôr-bai-ffôr i lawr y stryd.

Cerddodd Huws yn ei flaen nes cyrhaeddodd swyddfa Gwilym Geiria. Penderfynodd dalu ymweliad. Doedd o'n dal ddim yn hapus fod y coc-oen wedi dwyn Hanna. Cafodd y dyn dici-bô gryn fraw pan gerddodd Huws dros yr hiniog.

'Ylwch Sarjant, dim fy syniad i oedd hyn . . . '

'Pa syniad?'

'Ym . . . mynd â . . . Hanna . . . allan am bryd bach o fwyd . . . ac ati . . . '

''Nes i sôn am Hanna? Mae'na rhyw olwg euog ar dy wynab di Gwilym. Dod yma i sôn am Samantha oeddwn i. Fues ti'n gwneud rhywfaint o waith i Sam Saer?'

'Wel, do,' atebodd Gwilym gyda chryn ryddhad o gael

symud o sôn am Hanna. 'Do, ar y dechrau'n de. Pan agorodd o'r caffi . . . ond un braidd yn sâl am dalu oedd Sam, ac felly wnes i ddim byd wedyn iddo.'

'Pwy oedd ei ffrindia fo? Oedd ganddo deulu?'

Doedd gan Gwilym ateb i'r un o'r cwestiynau.

''Sgen ti syniad lle fysa fo wedi diflannu?'

'Ym,' meddai Gwilym gan feddwl yn galed. 'Mi soniodd fod ganddo chwaer yn . . . Llannerchymedd . . . os dwi'n cofio'n iawn. Roedd honno'n cadw caffi, hefyd . . . a dyna lle cafodd o'r syniad.'

'Diolch, Gwil,' meddai Huws wrth ei adael, 'a chofia roi gwahoddiad i mi i dy briodas . . . '

Tybed fyddai'r Hac ffansi trip i Lannerchymedd? Doedd dim pwrpas gofyn i Hanna. Na, roedd yr Hac allan ar joban a fyddai o ddim i mewn tan yn hwyr. Doedd dim amdani felly ond gofyn i Harri Hownd. Caent fynd yn ei fan ac efallai y câi Huws gyfle i gael peint yn rhywle. Cytunodd Harri ar unwaith gan nad oedd ganddo fawr i'w wneud a hithau ddim yn ddydd Sadwrn. Steddodd y ddau'n y seddi blaen a Sbando a nicyrs Mandi yn dal yn ei geg yn y cefn a'i ben yn gwthio allan rhwng y ddau. Croeswyd y bont dros Y Fenai a phydrai'r fan fechan ar y ffordd fawr ar draws yr ynys.

'Ti'n gwbod lle mae Llannarchmedd, yn dwyt?' gofynnodd Huws wedi i arwydd Llangefni fynd heibio iddyn nhw ar wib.

'Mi welwn ni sein yn o fuan, dwi'n gobeithio,' ac yn wir ymhen deng munud daeth arwydd y pentref i'r golwg. Gwelwyd caffi a chan mai hwnnw oedd yr unig un, cymerwyd mai caffi chwaer Sam oedd o.

Penderfynodd Huws y byddai o'n mynd i'r caffi tra byddai Harri a'i gi'n mynd i'r cefn. Archebodd Huws baned o de ac eisteddodd wrth fwrdd wrth y ffenest.

Daeth dynes dew, ganol oed a fu unwaith yn brydferth â'r baned iddo. 'Chi ydy chwaer Sam?' gofynnodd.

'Dyna fo, ia.'

'Dwi'm di weld o ers talwm, 'Da chi ddim yn gwybod lle mae o'r dyddia hyn?'

'Cadw caffi mae o, ond dwi'na ddim chwaith 'di weld o ers peth amser.'

Roedd golwg fel petai hi'n dweud y gwir ar chwaer Sam, ac felly penderfynodd beidio holi rhagor. Gadawodd weddill y gwaith i Harri a'i gi.

Roedd Sbando'n tynnu ar y tenyn a châi Harri ei halio tuag at gefn y caffi. Synhwyrodd Sbando ymysg y buniau a'r bocsus gweigion ond doedd dim o ddiddordeb iddo yno. Mae'n rhaid mai rhai da am beidio gwastraffu bwyd ydy pobol Llannerchymedd. Yn sydyn, llamodd Sbando fel llewpard tuag at lein ddillad chwaer Sam. Yno roedd pâr o flwmars gyda'r mwyaf welodd Harri. Doedd dim dal ar Sbando nes câi'r blwmars yn ei geg, ac roedd yn sefyll ar ei ddwy goes ôl fel pe bai mewn syrcas. Gyda naid a sbonc daeth ei safn o fewn cyrraedd y blwmars a chydag un plwc roedden nhw'n rhydd o'r lein ddillad ac yn dynn yng ngheg Sbando.

Roedd Huws ar hanner ei baned pan glywodd sgrech yn dod o'r gegin. Roedd chwaer Sam yn edrych allan drwy'r ffenest ac wedi cynhyrfu'n lân. 'Ma'na . . . ma'na uffar o gi mawr hyll wedi dwyn fy mlwmars i!'

Brysiodd Huws ati. 'Peidiwch â phoeni Musus, ci plisman ydy o – y gora yn y ffôrs.'

'Ond be mae o isio efo 'mlwmars i?'

'Chwilio am eich brawd Sam ydan ni?'

'Be? Ydio'n cuddio yn fy 'mlwmars i?' gofynnodd wedi ddechrau ail-feddiannu ei hun.

Roedd yna ddigon o le i Sam *a* Mandi guddio ynddyn

112

nhw, meddyliai Huws wrth dynnu ei gerdyn adnabod allan. Dangosodd o i chwaer Sam. 'Plismyn ydan ni ac rydan ni'n chwilio am Sam?'

Cydiodd chwaer Sam yn dynn yn ochr y sinc. 'Sam! Be mae o wedi'i neud?'

'Steddwch Musus,' gorchmynnodd Huws gan agor drws y cefn i Harri a'i gi. 'Mi rydan ni isio gair efo chi fel rhan o'n encwairis i gipio dwy ferch.'

'Brensiach!' meddai gan godi ei dwylo a gwasgu ei phen. 'On i'n meddwl y bysa fo'n mynd i draffarth efo merchaid yn y diwedd. Mae o'n ofnadwy am ferchaid erioed.'

'Ydach chi'n siŵr nad oes ganddoch chi ddim syniad lle mae o?' gofynnodd Huws.

'Na, na . . . fel o'n i'n deud, dwi'm 'di weld o ers hydoedd . . . '

'Wel, os wnewch chi, ffoniwch fi'n syth,' ac estynnodd am ddarn o bapur a beiro a rhoi ei rif ffôn uniongyrchol iddi.

'Mi wna i Sarjant,' addawodd, 'ond plîs ga'i 'mlwmars yn ôl. Hwnna ydy'r un gora sydd gen i . . . a dwi'sio fo i fynd i Blacpwl y wicend yma.'

'Harri, gwna rwbath efo'r ci 'na, bendith dduw i ti.'

Ar hynny, cydiodd Harri yn dynn yng ngheilliau Sbando. 'Gollwng y blwmars 'na'r diawl!' sgyrnygodd rhwng ei ddannedd. Ond ni fu i Sbando ufuddhau i'w feistr. Er hynny, cymaint oedd y boen fel bu raid iddo agor ei geg i roi 'Aw' ac ar hynny dyma chwaer Sam yn cipio ei blwmars yn ôl a'i ddal o gyrraedd y ci.

''Sa'n well i ni fynd, Harri,' meddai Huws wrth dalu am y baned. 'Hwyl i chi, musus, a chofiwch gadw mewn cysylltiad.'

Brysiodd y ddau blisman yn ôl dros y bont, rhoddwyd

Sbando yn ei gwt, aeth Harri am baned ac aeth Huws i wneud ychydig o waith papur. Doedd hi fawr ers iddo gyrraedd yn ôl yn ei swyddfa pan ganodd ei ffôn. 'P . . . PC Owens sy'ma, Sarjant. D . . . dwi 'di ffendio Miss Parry!'

'Miss Parry?'

'Ia, Miss Ramona Parry . . . !'

11

Brysiodd Huws i dŷ Ramona Parry. Roedd Owens yn sefyll y tu allan yn barod – efo'i wn MP5 ar draws ei frest. 'Be ddiawl ti'n 'neud efo'r gwn 'na eto?' gofynnodd.

'G . . . gardio Miss Parry. Es i'r cwpwrdd i'w nôl o. Dydan ni ddim isio iddi gael ei chipio eto, 'nagoes?'

'Lle mae hi?'

'Mae hi yn y gegin . . . yn cael panad.'

'Ydy hi'n iawn?'

'Mae hi'n edrach yn dda iawn, Sarjant. Ydy wir.'

Gwneud paned iddi hi ei hun roedd Ramona, a hynny gyda pheiriant coffi drud. 'Gymrwch chi baned o goffi, Sarjant?' gofynnodd.

Nodiodd Huws. 'Lle 'da chi wedi bod Ramona?'

'Es i aros 'da ffrind?'

'Ffrind?'

'Ie, wel, boiffrend yn de.'

'Chaethoch chi mo'ch cipio felly?'

Chwarddodd Ramona. 'Cipio! Naddo siŵr. Ydych chi wedi cael hyd i Samantha eto?'

Anwybyddodd Huws y cwestiwn. 'Ond roedd drws y tŷ yma'n agored, eich dillad ar lawr ymhobman ac mi gawson ni hyd i syrinj ar y llawr.'

'Fi wastod yn anghofo cau'r drws – ac roeddwn i ar frys yn gadel. Roedd fy boiffrend fi yn desp . . . , wel, chi'n gwbod . . . a'r syrinj? Wel, peidwch â gweud wrth neb yn de, Sarjant. Ond roedd 'da fi broblem bach 'da . . . ' A symudodd yn nes ato gan roi ei cheg wrth ei glust. Cydiodd Huws yn dynn yn y wyrcing-top tra sibrydodd Ramona, 'Seliwlait . . . '

'Seliwlait?' Yn amlwg doedd Huws erioed wedi clywed am un o broblemau mawr bywyd merch.

'Cro'n . . . fy nghro'n ddim yn smwdd . . . yn fan hyn,' ceisiodd egluro cyn codi ei sgert a dangos top ei choes. Cydiodd Huws yn dynach yn y wyrcing-top. 'Ond wrth gael injecshyn, ma fe wedi cliro, fel chi'n gweld.'

Nodiodd Huws wrth sychu ei dalcen a'i hances. 'Ia . . . neis iawn, Ramona, neis iawn.' Oedodd i gael ei wynt ato. 'Ydach chi'n meddwl . . . ydach chi'n meddwl fod Samantha wedi mynd at rhyw gariad yn rhywle?'

'Efalle . . . , so fi'n credi hynny. Mi fyse hi wedi gweud wrtha i . . .'

'Felly rydych chi'n ofni'r gwaethaf?'

Syrthiodd llygaid Ramona i'r llawr, yna ymddangosodd dagrau ac yna taflodd ei hun ar Huws. 'Plîs, plîs, Sarjant. Wnewch chi ffendio Samantha. Mae gen i ofn bod rhywbeth mawr wedi digwydd iddi.'

Rhodd Huws ei freichiau am y ferch i'w chysuro. 'Dyna chi 'ngenath i, peidiwch â phoeni, mi gawn ni hi'n ôl,' meddai gan ei gwasgu tuag ato. Doedd hi ddim fel pe bai hi eisiau gollwng Huws a doedd Huws yn sicr ddim eisiau ei gollwng hithau. Yn raddol, daeth y crio i ben ond parhaodd Huws i'w chysuro . . . nes daeth llais o'r tu cefn.

'Wyt ti'n iawn, Ramona?'

Gollyngodd Huws ei freichiau a throdd at y drws. Yr Arolygydd Amanda Daniel oedd yno. 'T . . . trio'i chysuro hi oeddwn i, Inspector.'

'Wrth gwrs,' meddai cyn troi at Ramona. 'Wnewch chi'n gadael ni, Sarjant. Mi wna i holi Ram . . . Miss Parry.'

* * *

Doedd byth ddim sôn am Sam na Mandi, er apêl yn y papurau ac ar y cyfryngau a chynnig hael Wil Plethe. Ond o leiaf roedd Ramona yn ddiogel. Un ferch oedd ar goll rŵan – ac un dyn wedi'i ladd. Ond doedd fawr ddim amser ar ôl rŵan nes y byddai'r Arolygydd yn galw Sgotland Iard i ddod i ddatrys yr achos, er efallai y byddai'r ffaith i Ramona ddod adref yn ddiogel yn newid ychydig ar bethau.

Wedi iddo brofi brechiau tyner Ramona, roedd Huws ffansi cwmni dynes. Roedd achos diflaniad Samantha Plaything-Jones yn dechrau pwyso ar ei feddwl, a doedd cael llwyth o gwrw ddim yn mynd i fod yn llawer o help. Ia, dynes oedd Huws eisiau. Ond pwy? Doedd Mandi ar ffo a Hanna ym mrechiau Gwilym Geiria? Ac yn ffodus roedd Delila yn ddigon pell. Mentrodd i lawr i'r dref. Doedd dim pwrpas iddo fynd i'r *Dderwen*, dim tafarn merched oedd honno. Tafarn hel diod oedd hi, a doedd yna fawr o siâp ar y merched prin a ddeuai yno. Felly, mentrodd i'r *Goron*.

Roedd y rhai oedd yno'n llawer rhy ifanc iddo a gwyddai nad oedd ganddo obaith mul cael gafael ar yr un ohonyn nhw. Felly, cododd beint a phwyso ar y bar i weld pwy ddeuai drwy'r drws dwbwl. Doedd o ond wedi yfed rhyw fodfedd neu ddwy pan gafodd bwniad yn ei fraich. Trodd i'r dde. Dyn oedd yno – nid dynes, a'i wyneb yn un cyfarwydd.

'Dwi'n dy nabod di, 'da?' gofynnodd.

Anwybyddwyd ei gwestiwn. 'Dwi'n gwbod lle mae

Sam Saer?' meddai'r llais lled-ferchetaidd.

Rhoddodd Huws ei beint ar y bar. 'Yn lle?'

'Ydy'r riword o ddeng mil yn dal ar gael?'

Nodiodd Huws ac yna gwthiodd ei wyneb yn agosach at yr un oedd gyferbyn ag o. Oedd, mi oedd y wyneb yn un cyfarwydd – er y tro diwethaf iddo'i weld roedd yna bowdwr a minlliw arno. 'Y ffycin transfestait!' gwaeddodd cyn cydio yng ngholer Tricsi.

'Sarjant, plîs! Dwi ddim yn gwisgo ffrog heddiw. Ac mae'n wir ddrwg gen i'ch snogio chi o'r blaen. 'Na i . . . 'na i brynu peint i chi . . . ' A gollyngodd Huws ei goler. 'Ar ôl cael y pres,' ychwanegodd.

'Rŵan, y munud 'ma, os na tisio cic yn dy fôls,' a thyrchodd Tricsi i'w boced i estyn arian i dalu am beint i Huws. 'Lle mae o?' gofynnodd wrth i Tricsi roi'r cwrw o'i flaen.

'Dwi'm isio deud yn fan'ma . . . rhag ofn i rywun 'nghlywed i. Mae gen i gar y tu allan – â i â chi yno.'

Rhoddodd Huws glec i'w beint ar ei ben a dilynodd Tricsi i'r tywyllwch tuag at gar mini pinc. 'Dwi'm yn dod i mewn i hwnna efo chdi, no wê.'

'Ond Sarjant, 'na i ddim byd i chi – go-iawn.'

Cydiodd Huws yn ei goler am yr eildro. 'Deud wrtha i lle mae Sam Saer – neu wisgi di'r un ffrog na phâr o nicyrs byth eto.'

'Oce, oce, Sarjant . . . Mae o . . . mae o mewn tŷ yn Llwyn y Llyffant . . . '

'Ond tai Wil Plethe ydy'r rheiny . . . a dydyn nhw ddim yn barod . . . '

'Nac ydyn . . . a dyna pam ei fod o'n aros yno, mae'n siŵr. Fysa neb yn meddwl edrach yn fan'no.'

'Sut wyt ti'n gwybod ei fod o yno?'

'Welis i o – a'r hogan ddel 'na sydd ganddo. Es i am

dro pnawn 'ma . . . ac mi aeth fy stiletos i'n sownd yn y mwd . . . a dyna pryd welis i nhw.'

Cydiodd Huws yn ei ffôn. 'Harri, dwi'sio chdi a dy gi yn Llwyn y Llyffant ar frys . . . a tyrd ag Owens efo chdi.'

Mentrodd Huws i'r mini gan bwyso ei gorff ar y drws rhag ofn i Tricsi ddod yn rhy agos ato. Rhuodd y car bach drwy'r dref ac allan i'r cyrion. O fewn rhai munudau roedden nhw ger mynedfa fwdlyd i stad o dai ar hanner eu codi ac arwydd wedi ei baentio'n frysiog ar ddarn o bren yn dangos mai Llwyn y Llyffant oedd y lle.

Cafodd Tricsi orchymyn i gadw'r car ger gwrych ac arhosodd y ddau i'r ddau heddwas arall gyrraedd. Ac o fewn dim daeth fan wen i'r golwg a dod i stop ger y car pinc. Owens ddaeth allan gyntaf â gwn ar draws ei frest. Yna aeth Harri i'r cefn i agor y drws i Sbando. Prin y gallai ddal y ci yn ôl. Tynnai ar y tennyn wrth ruthro am un o'r tai oedd fwyaf gorffenedig. Brysiodd y tri arall ar ei ôl.

Dechreuodd Sbando udo unwaith y cyrhaeddodd ddrws y tŷ. 'Fan'na mae o,' gwaeddodd Harri.

'Agor y drws, Sam!' gwaeddodd Huws, ond doedd dim smic.

''Da chi isio fi saethu'r clo i ffwrdd?' gofynnodd Owens gan anelu'r gwn at y drws.

'Paid â malu cachu! Nid yn Los Angeles wyt ti!' harthiodd Huws cyn codi ei droed chwith a'i phlannu yn y drws. Chwalodd y clo a rhuthrodd y ci i mewn. Aeth yn syth at bentwr o ddillad yn y gornel a dechreuodd udo unwaith eto. 'Dos i chwilio'n y llofftydd Owens, ond paid â saethu dim byd. Harri, dos di i'r ardd.' Ond doedd dim golwg o'r ddau ffoadur. Roedd y ddau'n sicr wedi bod yno oherwydd roedd Huws yn adnabod y flows ar y llawr.' Trodd at Tricsi. 'Sori, ond maen nhw wedi mynd. Chei di ddim sentan gan Wil Plethe!'

* * *

Dychwelodd Huws i'r dref a gadawodd ei gar ar linell felen y tu allan i'r *Dderwen*. Roedd awydd peint arall arno, ond yn gyntaf penderfynodd dalu ymweliad â *Tamaid* rhag ofn bod y ddau wedi dychwelyd yno. Curodd ddrws y bwyty, ond chafodd o ddim ateb. Craffodd drwy'r ffenest, ond doedd neb i'w weld y tu mewn. Yna curodd ar ddrws y fflat, ond doedd dim ateb yn fan'no chwaith. Peint amdani, felly, meddai wrtho'i hun. Efallai bydd yr Hac yno ac y byddai ganddo rywfaint o wybodaeth.

Ond chyrhaeddodd o mo'r *Dderwen*. Roedd car Golff du cyfarwydd wedi mynd heibio. Hanna. Roedd yn teimlo ei cholli er iddo'i chymryd yn ganiataol ar hyd y blynyddoedd. Byddai'n hoffi cael sgwrs â hi – hyd yn oed os oedd hi'n dal efo Gwilym Geiria.

Stopiodd y car du y tu allan i swyddfa Gair Da a brysiodd Huws tuag ato. Ond roedd o'n rhy hwyr. Unwaith yr arhosodd y car, daeth Gwilym allan a thusw mawr o flodau yn ei law. Ac fel rhyw Ffred Aster mi hanner ymgrymodd a chyflwyno'r blodau drwy'r ffenest agored i Hanna.

Tynnodd Huws ei law o'i boced a'i phlannu ar din y carwr. Neidiodd Gwilym gan daro'i ben yn ffenest y drws. Rhoddodd un llaw ar foned y car i sadio'i hun a'r llall ar ei frest i geisio atal ei galon rhag pwmpio'n rhy galed.

'Bloda neis, Gwil. Wedi dwyn nhw o'r fynwant wyt ti?'

'Wyt ti'n blydi call?' gwaeddodd Hanna oedd wedi dod allan o'r car erbyn hyn. 'Dydy calon Gwilym ddim yn rhy dda fel mae hi.'

'Be ddiawl mae o'n da efo chdi ta? Neith o ddim para'n hir efo chdi'n ei hambygio fo!'

120

Cydiodd Hanna yn dyner ym mraich Gwilym a'i roi i eistedd yn sedd y car. 'Ffyc-off, Dic Bonc!' meddai cyn neidio i'r car a phlannu ei throed ar y sbardun.

Roedd Huws yn wir angen peint erbyn hyn a brysiodd i'r *Dderwen*. Roedd yr Hac yno'n ôl ei arfer ac eto'n ôl ei arfer wedi gweld bob dim ddigwyddodd.

'Mi roesoch chi dipyn o sioc i Gwilym Geirie, Sarjant. A hwnnw wedi dwyn eich geneth chi.'

'Dwyn? Ffwc o beryg. O'n i wedi gorffan efo hi. O'n i'n ffansïo rwbath f'engach.'

'Fel Delila?'

'Ia, camgymeriad oedd hynny. Doeddwn i wedi cael diod yn uffernol.'

'A Mandi . . . ?' sibrydodd.

'Yli'r cotsun. Paid ti â meiddio deud wrth neb mod i wedi mynd i fyny'r grisia efo hi . . . a hitha rŵan on-ddy-ryn. Mi fysa hynna'n ddigon i 'ngyrfa i.'

'Wrth gwrs, ddyweda i ddim wrth neb, Sarjant. Wrth neb,' meddai'r Hac gan daro'i drwyn â'i fys. 'Ond dudwch i mi be ydy'r diweddara?'

Roedd Huws yn teimlo dan reidrwydd i sôn wrth yr Hac iddo bron â dal Sam a Mandi ond ddywedodd o mo'r stori i gyd. Doedd o ddim am sôn wrth yr Hac am Tricsi.

'Felly mae deng mil Wil Plethe yn ddiogel?'

'Ar hyn o bryd, Llew. Ar hyn o bryd. Nes dalian ni'r diawl, yn de.'

Teimlodd Huws rywun yn ei daro ar ei ysgwydd. PC Owens oedd yno – heb ei wn.

'Mae'r Inspector wedi 'ngyrru fi yma i ddeud bod Mr Plaything-Jones yn bygwth Mr Leclerc ac mae hi isio chi fynd i Blas y Deryn ar frys.'

Oedd hyn rywbeth i'w wneud â'r achos? Wyddai Huws ddim a doedd dim pwrpas gofyn i Owens.

Cododd, rhoddodd glec i'w beint a brysiodd y ddau i Blas y Deryn. Pan gyrhaeddodd y ddau roedd cerbyd Wil Plethe ar draws y fynedfa. Safai'r hen ŵr Leclerc yn y drws a chleddyf yn ei law a Wil a'i ddwrn yn yr awyr yn bytheirio o'i flaen. Gwaeddai Leclerc mewn Ffrangeg a châi resiad o regfeydd ac ambell air Cymraeg ynddo gan Plethe.

'Sa'n well i mi fynd i nôl y gwn?' gofynnodd Owens yn bryderus wrth weld y cleddyf.

Atebodd Huws mohono; roedd yr Arolygydd Amanda Daniel wedi cyrraedd. Cerddodd heibio'r ddau. Cydiodd ym mraich Wil Plethe a'i dynnu i'r ochr ac estynnodd ei llaw allan tuag at Leclerc. Siaradodd ag o mewn Ffrangeg oedd cystal â dim gâi neb yn Ffrainc ac o dipyn i beth gadawodd y Ffrancwr i'r cleddyf ddisgyn i'r llawr.

'Mae ar y basdad bres i mi ers misoedd,' meddai Wil wedi iddo gyrraedd at Huws. 'Gwna rwbath, dos â fo i'r jêl!'

Ond doedd Huws ddim yn gwrando arno. Roedd yn clywed Samantha yn cael ei chrybwyll ynghanol Ffrangeg Leclerc. Nesaodd at yr Arolygydd. 'Be mae o'n ddeud am Samantha?' gofynnodd.

'Mae o'n cyhuddo Mr Plaything-Jones o'i chipio hi. Nonsens llwyr! Mae o'n ceisio dweud nad oedd o am iddi briodi ei fab. Mae'r creadur bach yn dechrau colli arni. Ffoniwch am yr ambiwlans, Huws.' A dyna wnaeth o. Roedd colli ei fab a bod mewn dyled i Wil Plethe yn ormod i'r hen Ffrancwr.

Roedd yr Hac yn aros amdano y tu allan i'r giatiau a rhoddodd Huws y ffeithiau iddo. 'Roedd o'n malu cachu rwbath fod Wil Plethe wedi cipio'i ferch ei hun,' meddai Huws gan sgriwio'i fys i ochr ei ben. 'Ddim hanner call, os call o gwbwl. Ond paid ti â sôn dim am hynny ar y niws, neu mi daflith ni oddi ar drywydd y cipiwr go iawn.' Ymddiheurodd yr Hac na allai gael peint arall efo Huws gan fod yn rhaid iddo baratoi stori at y bore. Doedd dim amdani felly ond gwely cynnar.

* * *

Y bore canlynol, canodd y ffôn yn y swyddfa. 'Sarjant Huws, chi sy'na?'

'Ia.'

'Musus Davies Llanarchmedd sydd yma. Chwaer Sam.'

'O ia.'

'Fuoch chi ar y telifishyn yn ddiweddar yn sôn bod yna ddeng mil o bunna i'w cael am wybodaeth am Sam fy mrawd.'

'Do.'

'Dwi'n gwybod lle mae o . . . ond alla i ddim deud ar y ffôn. Fedrwch chi ddod draw i Lanarchmedd?'

'Ddo i draw rŵan.'

'A dowch â'r pres efo chi plîs, Sarjant.'

Chymrodd hi ond rhyw hanner awr da i Huws gyrraedd caffi chwaer Sam. Roedd hi yn y drws yn ei ddisgwyl. 'Lle mae o?' gofynnodd iddi.

'Ydy'r pres gynnoch chi?'

'Nadi . . . ond mae gen i ai-o-iw i chi, mae'n enw fi gystal ag un neb arall.'

Syllodd Musus Davies ar y darn papur am yr hyn a ymddangosai'n amser hir i Huws, ac roedd ar fin colli ei amynedd, pan ddywedodd hi, 'Mae o a Mandi yn y gegin.'

Rhuthrodd Huws heibio iddi ac i gefn yr adeilad. Yno'n sefyll ar ganol y llawr, yn amlwg yn disgwyl amdano, roedd Sam Saer, y gŵr yr oedd hanner y wlad yn chwilio amdano a'r gŵr y gobeithiai Huws allai ddweud wrtho ble'r oedd Samantha Plaything-Jones. Yn cydio'n dynn yn ei law roedd Mandi.

'Dwi'n dallt eich bod chi isio'n gweld ni,' meddai Sam wrth Huws.

'Mae yna reswm i gredu bod gen ti rywbeth i'w wneud â diflaniad Samantha Plaything-Jones, Sam, a dwi'sio chdi yn y swyddfa i ateb nifer o gwestiynau.

'Iawn, Sarjant, ond does gen i ddim syniad ble mae hi a dwi'n methu dallt pam eich bod chi'n fy ama i.'

'Wnest ti ddim llawer o les i dy achos pan ddiflanis di o dy gaffi ar frys. Chdi a Mandi . . . Mae'n amlwg bod gen ti rywbeth i'w guddio.'

'Ond . . . ond dim oddi wrthoch chi roedden ni'n dengid, Sarjant,' meddai Mandi gan ollwng llaw Sam a chythru am fraich Huws.

Edrychodd Huws i'w llygaid gleision. 'Pam ta?'

'Waeth i mi gyfadda i chi Sarjant,' meddai Sam wrth dynnu Mandi yn ôl ato. 'Dwi mewn dyled dros fy mhen a 'nglustia. Dydy'r restrant ddim yn gwneud cystal ag oeddwn i'n feddwl y bysa fo . . . ac mae arna i lot o bres i wahanol bobol. Maen nhw ar fy ôl i . . . rhedag oddi wrthyn nhw oeddan ni . . . '

'Ond fydd dim raid rŵan,' meddai ei chwaer oedd yn sefyll y tu ôl i Huws a'r darn o bapur yn ei llaw. 'Mi rydw i am roi y deng mil iddo . . . '

12

'Ond be am nicyrs Samantha gafwyd hyd iddo yn stafell lysh y *Maramba?*' gofynnodd Huws wedi i'r tri ddychwelyd i'w swyddfa.

Cododd Sam ei ysgwyddau. 'Dim syniad, Sarjant. Welis i mohonyn nhw pan oeddwn i yno.'

'Be am Dic Donci 'ta? Wyt ti'n gwybod pwy laddodd hwnnw?'

Gwelodd Huws fraw ar wyneb y saer. 'G . . . go-iawn, Sarjant. Wnes i ddim cyffwrdd Dic Donci. Prin oeddwn i'n 'nabod o.'

'Ond mae rhywun wedi gwneud?'

'Pam fyswn i'n ei ladd o? Doedd gen i ddim yn ei erbyn. Doedd arna i ddim pres iddo!'

Penderfynodd Huws mai gwell fyddai cadw Sam yn y ddalfa am rywfaint – er ei fod bron yn siŵr ei fod yn dweud y gwir. Ond roedd yn sicr y byddai'r Arolygydd yn galw Sgotland Iard i mewn pe gwyddai nad oedd o ddim nes i'r lan ynglŷn â phwy gipiodd Samantha Plaything-Jones.

'Gei di fynd,' meddai wrth Mandi.

'Oes yna jans am lifft yn ôl i'r fflat?' gofynnodd wedi i Sam gael ei arwain i'r celloedd.

Cynhyrfodd Huws drwyddo. 'W . . . wrth gwrs, Mandi,' a chydiodd yn ei braich a'i thywys allan ac am ei gar.

''Da chi'n gwybod be, Sarjant?' gofynnodd iddo wedi i'r ddau eistedd yn y car.

'Be, del?' gofynnodd Huws gan syllu i'w llygaid.

'Dwi'n siŵr na wnaeth Sam gipio Samantha. Lle fysa fo'n ei chadw hi? Dydy hi ddim yn y fflat. A fysa fo ddim isio pechu Wil Plethe eto – mi gafodd o bres o'i groen o am ynffêr dismisal. Ac i ddeud y gwir, Samantha oedd un o'n cwsmeriaid gora ni. Unwaith y gwnaeth hi ddiflannu wnaeth y busnes fynd i drafferthion.'

'Yli del, paid ti â phoeni am Sam,' meddai Huws gan roi ei law ar ei phenglin. 'Mi wna i ei ryddhau o yn y bora. Mynd â chdi adra sydd bwysig rŵan,' a thaniodd injan y car wedi iddi daflu gwên gariadus yn ôl ato.

'Sarjant! Sarjant!' Trodd Huws tuag at y llais. PC Owens oedd yno a'i wynt yn ei ddwrn. 'Mae . . . mae canlyniad post mortem Mr Davies, y . . . Mr Donci . . . wedi cyrraedd . . . '

'Wel?' gofynnodd Huws gan dynnu ei law oddi ar lin Mandi.

'Dim cael ei ladd wnaeth o. Disgyn . . . ac mae'r Inspector isio gair efo chi.'

'Damia!' meddai Huws dan ei wynt. 'Owens, dos di â Mandi adra.'

Cododd yn anfoddog o'i sedd ac aeth i weld ei bennaeth.

'Mae'n rhaid bod Mr Davies wedi disgyn ar ôl yfed gormod,' meddai wrth edrych ar ffeil ar y ddesg o'i blaen. 'Mae'r adroddiad, hefyd, yn dweud ei fod yn yfwr trwm. Mae tystiolaeth llygad-dystion yn dweud ei fod ar ryw berwyl neu'i gilydd ar lan yr afon yn feunyddiol. Damwain, Sarjant, damwain anffodus. Does dim cysylltiad rhwng ei farwolaeth â . . . â diflaniad Samantha,' a chaeodd y ffeil â chlep.

'Ond beth am y catalog yn 'gorad ar y dudalen nicyrs wrth ei ymyl? Dydy hynny ddim yn gyd-ddigwyddiad, siawns?'

Cododd yr Arolygydd Amanda Daniel o'i chadair. 'Sarjant, fysa Samantha Plaything-Jones *ddim* yn gwisgo dillad isaf o mêl-ordyr catalog!'

'Efallai wir, Inspector.'

'Be am Samuel Davies y tŷ bwyta? Ydych chi'n dal i'w holi? Pa bryd byddwch chi'n ei gyhuddo?'

Doedd waeth i Huws ddweud y gwir. 'Gwadu mae o, Inspector. Dwi am ei gadw dros nos ond dwi'n siwr y bydd raid i mi ei ollwng yn y bore.'

Ddywedodd yr Arolygydd ddim, dim ond codi'r ffôn. 'Rhowch fi drwodd i Sgotland Iard os gwelwch yn dda.'

Ar hynny cododd Huws a gadael y swyddfa. Gwyddai y byddai dau neu dri o'r cocia-ŵyn ar ei batsh o erbyn y bore ac yntau'n gorfod malu cachu â nhw. Penderfynodd fynd am beint.

Roedd yr Hac yn *Y Dderwen* yn disgwyl amdano. 'Mi gawsoch chi Sam Saer o'r diwedd, o'n i'n clywed, Sarjant,' meddai wrth godi peint iddo.

Nodiodd Huws.

'Fo wnaeth?'

'Dwi'm yn meddwl, Llew. Ac ar ben hynny, disgyn yn ei ddiod wnaeth Dic Donci. Wnaeth neb ei ladd o.'

Roedd yr Hac wedi stopio yfed. Gwyddai Huws fod yr holl wybodaeth yma'n cael ei storio'n ei ben ar gyfer y bwletin bore drannoeth.

'Paid â sôn dim tan ganol dydd fory, Llew, i wneud bob dim yn swyddogol ynde. A waeth i ti gael gwybod – a chdi ydy'r cyntaf – ma'r ffycin Sgotland Iard ar y ffor' yma!'

'Mi fydd gen i ddipyn i'w ddweud fory felly, Sarjant,'

meddai wrth wylio Huws yn gwagio ei beint ag un llwnc. 'Un arall Sarjant?'

'Pam lai, ynde?'

Archebodd yr Hac beint arall i Huws. 'Rhaid i mi fynd rŵan, Sarjant. Mi fydd raid i mi chwilio am stori arall at y bore rŵan – i gadw'r ore at amser cinio, 'nde wa.' Ac ar hynny, diflannodd yr Hac allan i'r stryd. Edrychodd Huws o'i gwmpas. Doedd heb yno yr hoffai gael sgwrs ag o. Ond mi hoffai gael sgwrs â Mandi a doedd ei fflat hi ddim yn bell. Gorffennodd ei beint ac aeth i guro ar ei drws. Gwelodd wyneb yn edrych arno o ffenest uwchben y bwyty. Cododd ei law arni a rhai eiliadau'n ddiweddarach agorwyd y drws iddo.

'O Sarjant! Diolch am ddod draw. Dydw i ddim yn licio ar ben fy hun yma!' A chydiodd yn llaw Huws a'i dywys i'r lolfa. Tynnodd Huws ei het ac eisteddodd ar y soffa. 'Does gen i ddim diod i gynnig i chi . . . dim hyd yn oed panad o de. I ddweud y gwir does gen i ddim i gynnig i chi.'

Ond anghytuno â hi wnâi Huws er na ddywedodd wrthi. Eisteddodd gydag o ar y soffa. 'Pryd ddaw Sam yn ôl?' gofynnodd iddo.

'Dwi'n methu dy ddallt di Mandi,' meddai tra'n edrych i'w llygaid. 'Mi rwyt ti'n amlwg yn licio Sam, ond er hynny mi rwyt ti wedi fy llusgo i fan'ma ddwywaith i . . . wel, ti'n gwbod.'

'Ydw Sarjant. Dwi'n licio Sam lot. Ond . . . ond mae gynno fo broblem fach.'

Edrychodd Huws yn hurt arni, ond pan edrychodd Mandi ar ei falog cafodd syniad go lew. 'Be, neith hi . . . neith un Sam ddim codi?'

Ysgydwodd Mandi ei phen. 'Mi roedd dangos ei beth i Samantha Plaything-Jones pan oedd o ar y bilding-seit yn . . . yn tromatic ecspiriens iddo. Yn enwedig gan fod

Samantha yn edliw iddo bob tro y byddai hi yma nad oedd hi werth ei dangos.'

'Felly mae gan Sam rywbeth yn erbyn Samantha?'

'Ond fysa fo'n gneud dim iddi, Sarjant, go-iawn.' Penderfynodd Huws yn y fan a'r lle y byddai'n cadw Sam ychydig yn hirach i'w holi. Rhoddodd ei fraich amdani i'w chysuro.

'Sarjant, 'sa'n well gen i beidio cael secs heno . . . a Sam yn y jêl ynde.'

'Iawn,' meddai Huws yn siomedig. 'Ti'n ffansi tamad ta . . . i'w fwyta'n de.'

Nodiodd Mandi. 'Dwi ar lwgu.'

Doedd Huws ddim yn siwr i ble y gallai fynd â merch ifanc am damaid o fwyd. Roedd *Tamaid* wedi cau ond gwyddai fod gan *Y Dderwen* bei a grefi ar gael bob tro. Os oedd hi ar lwgu, byddai'n falch o unrhyw beth. Ac yno'r aeth o â hi. Cododd Huws beint iddo'i hun a phei a martini i Mandi. Ddywedodd hi'r un gair wrth sglaffio'r bei stêc-an-cidni. Mae hi'n beth ddel ar y diawl, meddai Huws wrtho'i hun tra'n syllu arni'n bwyta. Mae Sam Saer yn uffar lwcus, ond dwn i'm sut na fedar o gael codiad a hon o'i flaen o? Roedd Mandi wedi gorffen ei phei mewn dim a rhoddodd glec i'w Martini.

''Ti am un arall?' gofynnodd.

'Mi fuaswn i'n hoffi jin an tonic mawr,' meddai llais o'r tu cefn iddo.

Trodd Huws. Ramona Parry oedd yno. 'Wrth gwrs, Ramona . . . a Martini arall i chdi?' Nodiodd Mandi ac aeth Huws i'r bar. Roedd y ddwy'n amlwg yn adnabod ei gilydd gyda Ramona'n pitïo bod y bwyty wedi cau. Dychwelodd Huws â'r diod.

'Ddim wedi diflannu unwaith eto, Miss Parry?' gofynnodd wrth estyn ei diod iddi.

'Na, Sarjant. I fi am aros yma am ychydig 'to – nes daw'r awydd i grwydro, 'ntefe. Clywed bod Maurice yn y jail 'da chi, Sarjant. S'da Maurice ddim i'w wneud da diflaniad Samantha. Rwy'n siwr o hynny. Roedd y ddau'n gyfeillion.'

'Efallai wir, Miss Parry, ond mae'n rhaid i ni ddilyn bob trywydd,' meddai Huws yn swyddogol gan nad oedd yn un am drafod ei achosion mewn tŷ tafarn – ar wahân i gyda'r Hac, wrth gwrs.

'Lle 'da chi'n meddwl mae Samantha te?' gofynnodd Mandi, gan fawr obeithio y byddai ganddi ateb ac y byddai Sam yn cael ei ryddhau.

'I fi'n credu bod hi wedi rhedeg bant 'da dyn. 'Se'n i'n meddwl dyn cyhyrog cryf . . . '

'Efo lot o bres,' torrodd Mandi ar ei thraws.

'Na, na . . . mae 'da Samantha ddigon o arian. Mae Samantha'n chwilio am rywbeth arall mewn dyn.'

'Ond sut nath yr heddlu ffendio'i nicyrs hi mewn cwt ar ochr mynydd?'

'Un fel'na oedd Samantha. Gadael ei nicyrs ar ôl ymhob man . . . fel finne, weithie . . . ' a chwarddodd Ramona.

Roedd Huws yn gwrando'n astud. Tybed oedd Ramona'n dweud y gwir? Tybed nad oedd Samantha wedi cael ei chipio? Tybed ai wedi cael dyn oedd hi – un tlawd fel llygoden eglwys ond â choc fel ceffyl jipsi ganddo? Doedd waeth iddo fanteisio ar y cyfle a cheisio cael rhagor o wybodaeth gan Ramona Parry. 'Oes gen ti syniad efo pwy allsai hi fod wedi'i gluo hi?'

'Wel . . .' atebodd Ramona gan edrych ar ei hewinedd hir, cochion. 'Gallsai wedi mynd 'da sawl un. Roedd yna fechgyn deniadol iaaawn ar bilding seit ei thad . . . '

'Ond 'sa fyw iddi fynd efo'r un o'r rheiny. Mi fysa Wil wedi'i ladd o.'

'Efallai dyna pam ei bod hi . . . a'r bit-of-ryff . . . wedi diflannu.'

Doedd hyn yn gwneud dim synnwyr i Huws. Pam fysa merch – oedd gan bopeth, ac a gâi bopeth – wedi rhedeg i ffwrdd efo un o rapsgaliwns gweithlu Wil Plethe? Efallai bod gan ambell un dwlsyn fel coes caib ond doedd dim yn eu pennau na'u cyfri banc. Ac oni fuasai hi wedi rhoi gwybod i'w thad a mam – neu ei thaid a'i nain – erbyn hyn, a'r rheiny'n poeni amdani. Na; doedd theori Ramona ddim yn dal dŵr.

'I chi'n prynu rhagor o ddiod i ni, Sarjant?' Torrodd llais Ramona ar draws ei feddyliau.

'Ym, ia . . . 'run peth?'

A chododd Huws i ddisychedu'r ddwy ferch.

Mandi orffennodd ei diod gyntaf. Cododd ar ei thraed. 'Mae'n rhaid i mi fynd rŵan. Dwi'n nacyrd. Dwi'm di cysgu'n iawn ers dyddia.' Diolchodd i Huws a gadawodd y dafarn gan adael Huws efo Ramona Parry. Oedd hi fel ei chyfaill Samantha? Yn sicr, doedd Huws ddim yn ddyn cyfoethog ond roedd ganddo eitha darn rhwng ei goesau. Closiodd ati. 'Dwn i'm pam dy fod ti'n gadael y dre 'ma i chwilio am ddynion. Does 'na rai digon . . . derbyniol yma,' meddai gan sythu ei frest.

'Oes 'da chi iwnifform, Sarjant? Mi fydda i'n hoffi dynion mewn iwnifform.'

'Wel oes, mae gen i un . . . ac un inspector, hefyd. Ro'n i'n inspector unwaith, w'chi,' meddai gan symud ei gadair yn nes ati. 'Ond stori hir ydy honno. Fysach chi'n licio gweld fy iwnifform i?'

Gwenodd Ramona arno. 'Oes 'da chi drynshyn mawr hir . . . a handcyffs?'

Roedd gan Huws lond ei geg o gwrw pan ofynnodd hi'r cwestiwn a bu bron iddo ei boeri dros Ramona.

Pesychodd ac yna nodiodd. 'Oes . . . ma gen i . . .'

Ond ar hynny, canodd ffôn yn y dafarn.

'Huws, mae 'na rywun isio gair efo chdi – ar frys, hefyd, 'swn i'n deud,' meddai'r barman gan ddal y teclyn tuag at Huws.

Cododd Huws o'i gadair a chydiodd yn y ffôn. 'Ia?'

'Dic! Dic! Plîs brysia. Mae Gwilym . . . yn sâl iawn. Mae o isio gair efo chdi – ar frys.'

'Yn lle wyt ti?'

'Dwi'n y lê-bai wrth ochr yr afon.'

Brysiodd Huws i'w gar ac o fewn dim roedd wrth ochr y Golff du. Agorodd ddrws Hanna a gwelodd Gwilym Geiria yn gorwedd drosti a'i wyneb yn welw. Roedd ei lygaid yn syllu at y to a rhedai ffrwd fechan o boer o'i geg i'w ddici-bô. O graffu'n fanylach gwelai Huws fod ei drowsus o dan ei bengliniau a'i drôns wedi'i halio'n frysiog dros ei gwd. O'n i'n iawn, mae hi wedi'i ladd o – bron iawn o leiaf.

Plygodd dros y claf. 'Ti'n iawn?'

'Sarjant,' sibrydodd. 'Dwi'n . . . dwi'n falch eich bod wedi cyrraedd mewn pryd . . . ' Cymerodd ochenaid ddofn a rhoddodd Huws ei glust yn nes ato. 'Dwi'n . . . dwi'n gwbod . . . pwy . . . ' Cymerodd ochenaid arall. 'Pwy . . . gipiodd Sam . . . antha . . . ' Dechreuodd ei lygaid gau.

'Pwy, Gwil? Pwy?'

Roedd ei lygaid wedi cau erbyn hyn.

'Gwna rywbeth . . . Brysia!' harthiodd ar Hanna, a rhoddodd hithau ei llaw i lawr ei drôns.

Agorodd llygaid Gwilym yn araf.

'Ei . . . ei thad . . . Wil. Fo sydd . . . wedi'i . . . chipio . . . mae hi yn y cwt . . . yng ngwaelod yr ar . . . ' Ond orffenwyd mo gair olaf Gwilym Geiria. Rhoddodd

132

ochenaid ddofn, caeodd ei lygaid a bu farw ar lin Hanna a honno â'i llaw ar ei gwd.

* * *

Fuodd hi fawr o dro nad oedd heddlu'r ardal yn amgylchynu'r Ponderosa. Huws aeth i'r drws. 'William Plaything-Jones. Mae ganddon ni le i gredu bod eich merch Samantha yn cael ei chadw'n erbyn ei hewyllys mewn cwt yng ngwaelod yr ardd.'

Ddywedodd Wil ddim; roedd yn gweld yr Arolygydd Daniel, PC Owens arfog a Harri Hownd yn brysio ar ôl Sbando i gyfeiriad y cwt. Cafwyd ergydion o wn Owens a malwyd clo'r cwt yn rhacs. Eiliadau'n ddiweddarach daeth merch i'r golwg yn cau ac agor ei llygaid fel twrch daear newydd gyrraedd yr wyneb. Cofleidiodd yr Arolygydd ei chyfaill tra ceisiodd Harri gadw'i hownd mewn trefn.

'Pam, Wil?' gofynnodd Huws yn dawel iddo.

Amneidiodd iddo'i ddilyn i'r tŷ. Tywalltodd ddau wisgi mawr, ac wedi estyn un i Huws, dechreuodd ar ei stori.

'Roedd hi . . . isio priodi . . . '

'Mab Leclerc y Ffrancwr?'

'Na, na. Rhyw falu cachu oedd hi efo hwnnw. Na, yr un oedd hi eisiau'i briodi oedd mab hynaf Dic Donci! No-wê, meddwn inna. Doedd ganddo ddim dwy geiniog i'w rhwbio'n ei gilydd . . . '

'Ond os oedd o'r un fath â'i dad, roedd ganddo goc fawr yn rhwbio'n erbyn ei benglinia.'

'Dyna'r drwg. Mae hi'n tynnu ar ôl ei mam . . . Felly 'nes i ei chloi hi yn y cwt nes y deuai hi at ei choed . . . a gadael ei dillad isa hi yn yr hen sièd 'na ar ochr y mynydd i roi'r argraff ei bod wedi'i chipio ac wedyn yn y clwb i roi bai ar Sam Saer. Fysa mab Dic Donci byth wedi gallu fforddio prynu nicyrs drud fel'na iddi . . . '

Gan yr un awdur

£4.95 yr un